산리오캐릭터즈 수수께끼 사전

어휘력 쑥쑥!
수수께끼 194개

서울문화사

캐릭터 소개

마이멜로디

- 생일: 1월 18일
- 태어난 곳: 마리랜드에 있는 숲
- 키: 숲에 있는 빨갛고 하얀 물방울 모양의 버섯과 비슷한 정도
- 취미: 엄마와 함께 쿠키 굽기
- 좋아하는 음식: 아몬드 파운드케이크

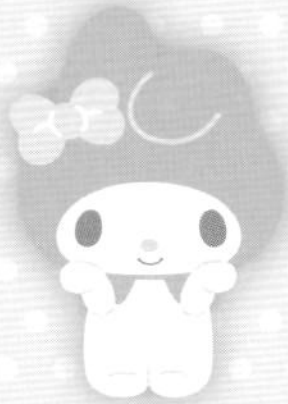

포차코

- 생일: 2월 29일
- 매력 포인트: 아기 똥배
- 키: 바나나 아이스크림 라지 사이즈 컵 4개 정도
- 취미: 걷기, 놀기
- 좋아하는 음식: 바나나 아이스크림

폼폼푸린

- **생일:** 4월 16일
- **사는 곳:** 주인 누나 집 현관에 있는 푸린 용 바구니

- **취미:** 신발 모으기
- **특기:** 낮잠, 누구든지 친해지는 것
- **좋아하는 음식:** 우유, 푹신푹신한 것, 엄마가 만들어 주는 푸딩

헬로키티

- **생일:** 11월 1일
- **태어난 곳:** 영국 교외

- **키:** 사과 5개
- **좋아하는 음식:** 엄마가 만들어 준 애플파이
- **좋아하는 것:** 피아노 연주, 쿠키 만들기

쿠로미

- 생일: 10월 31일
- 매력 포인트: 검은색 두건과 핑크색 해골
- 취미: 일기 쓰기
- 좋아하는 색: 검은색
- 좋아하는 음식: 락교

시나모롤

- 생일: 3월 6일
- 사는 곳: 수크레 타운에 있는 '카페 시나몬'
- 특기: 큰 귀로 하늘을 나는 것
- 취미: 카페 테라스에서 낮잠 자기
- 좋아하는 것: '카페 시나몬'의 유명한 시나몬롤, 코코아

이 책의 구성

* 본문 구성 *

❶ 수수께끼 번호를 알려 줘요.

❷ 6개의 다양한 주제로 나누었어요.

❸ 재밌는 퀴즈에서 힌트를 얻어요.

❹ 어휘력과 상식을 키워 주는 알찬 정보가 있어요.

❺ 수수께끼 정답은 아래에 있어요.

* 부록 구성 *

사다리 타기, 그림자 알아맞히기, 미로 찾기 등 재미있는 놀이가 있어요.

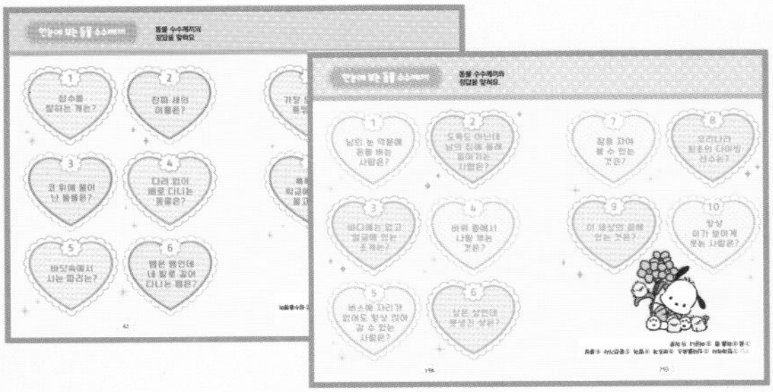

한눈에 보는 수수께끼로 더 많은 수수께끼를 만날 수 있어요.

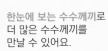

차례

북은 북인데
기어다니는
북은?

머리에
발이 달린
신기한
동물은?

생일에
죽는
곤충은?

쇼핑을
가장
좋아하는
동물은?

앞뒤가
똑같은
새는?

싸우면
항상 지는
소는?

1장

와글와글 동물 수수께끼

동물 01

개는 개인데 물속에 사는 개는?

보기 3개 중에서
정답을 골라 보세요.

1. 번개
2. 지우개
3. 조개

깜짝 상식

바닷물이나 강, 호수에 살아요.
미생물을 잡아먹고 살며 몸이 길고 납작해요.
두 장의 딱딱한 껍데기로 몸을 둘러싸고 있어요.

정답 조개

동물 02

귀는 귀인데 듣지 못하는 귀는?

초성을 보고
정답을 맞혀 보세요.

ㄷ ㄴ ㄱ

깜짝 상식

말과 비슷하게 생긴 동물로
'나귀'라고도 불러요.
몸집은 말보다 작지만
귀는 말보다 크지요.

정답 당나귀

동물 03

다 잤는데도 자꾸 자라고 하는 동물은?

힌트를 차례로 보며
정답을 맞혀 보세요.

거북과 같은 파충류예요.

주로 강이나 호수에 살아요.

<별주부전>
주인공이에요.

깜짝 상식

이 동물은 한자어로 별(鼈)이라고 해요.
〈별주부전〉은 이 동물과 토끼가 등장하는
재미있는 이야기예요.

정답 자라

동물 04

까만색 신사복을 입고 있는 동물은?

빈칸에 정답을 써 보세요.

"뒤뚱뒤뚱 걷는 모습이 귀여운 □□이야."

깜짝 상식

추운 남극에 사는 동물이에요. 턱시도를 입은 듯한 털 때문에 '남극의 신사'라고 불려요.
황제□□, 젠투□□ 등 종류가 다양해요.

정답 펭귄

동물

동물 05

매일매일 나무에 박치기하는 새는?

표에서 글자를 찾아 정답을 맞혀 보세요.

토	리	거
따	구	이
딱	북	끼

깜짝 상식

나무에서 살아요. 길고 날카로운 부리로 나무줄기에 붙어 올라가면서 먹이를 찾지요. 주로 애벌레를 먹고, 개미나 나무 열매도 먹어요.

정답 딱따구리

동물 06

동물 중에서 장사를 가장 잘하는 동물은?

그림자를 보고
정답을 맞혀 보세요.

깜짝 상식

몸에 검은색과 흰색의 털이 나 있는
곰과의 동물이에요. 눈 주변이 검어서 선글라스를
쓴 것 같이 생겼어요. 주로 대나무를 즐겨 먹어요.

정답 판다

동물 07

등에 둥근 산봉우리를 짊어지고 다니는 동물은?

보기 3개 중에서
정답을 골라 보세요.

1. 거북
2. 낙타
3. 다람쥐

깜짝 상식

등에 난 혹에 수분과 영양분을 저장해요.
때문에 물을 자주 마시지 않고도 살 수 있지요.
혹이 하나인 낙타도 있고 두 개인 낙타도 있어요.

정답 낙타

동물 08

잘못하지 않고도 두 손을 모으고 비는 동물은?

초성을 보고
정답을 맞혀 보세요.

ㅍ ㄹ

깜짝 상식

이 동물과 이름이 같은 도시가 있어요. 프랑스의 수도이며, 이곳에 있는 에펠 탑이 유명해요.

정답 파리

동물 09

머리에 발이 달린 신기한 동물은?

힌트를 차례로 보며 정답을 맞혀 보세요.

위험하면 먹물을 뿜어요.

↓

빨판을 가지고 있어요.

↓

다리가 8개 있어요.

깜짝 상식

뼈가 없고 몸이 부드러운 연체동물이에요.
스스로를 보호하기 위해서 주변 환경에 맞춰
몸 색깔을 바꿀 수 있어요.

정답 문어

동물 10

물속에 잠수하며 사는 오리는?

빈칸에 정답을 써 보세요.

"깊은 물속에서도 수영을 잘하는 □□□야."

깜짝 상식

몸집이 크고 납작하게 생겼어요. 이 동물과 닮은 □□□연도 있어요.

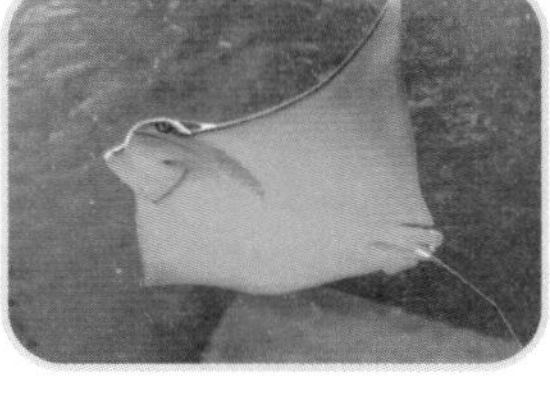

정답 가오리

동물 11

방은 방인데 들어갈 수 없는 방은?

표에서 글자를 찾아
정답을 맞혀 보세요.

강	매	래
지	방	미
나	아	고

깜짝 상식

팔랑팔랑 날아가는 모습이 나비와 닮았어요.
이 곤충은 날개를 펼치고 앉지만,
나비는 날개를 접고 앉아요.

정답 나방

동물 12

북은 북인데 기어다니는 북은?

그림자를 보고
정답을 맞혀 보세요.

깜짝 상식

엉금엉금 기어다녀요.
몸을 보호하기 위해 뼈의 일부가 등딱지로 진화했어요.
사는 곳에 따라 다리의 생김새가 달라요.

정답 거북

동물 13

세모 모양의 모자를 쓰고 다리가 열 개 달린 것은?

보기 3개 중에서
정답을 골라 보세요.

1. 곰
2. 코끼리
3. 오징어

깜짝 상식

'까마귀를 잡아먹는 도적'이라는 오적어(烏賊魚)에서 나왔어요. 이 동물이 자신을 공격하는 까마귀를 안고 물속으로 들어갔다는 이야기가 전해져요.

정답 오징어

동물 14

쇼핑을 가장 좋아하는 동물은?

초성을 보고
정답을 맞혀 보세요.

ㅅ ㅈ

깜짝 상식

용감하고 사나워서 '동물의 왕'으로 불려요.
날카로운 발톱이 있는 고양잇과의 동물이며,
수컷의 목 주위에는 풍성한 갈기가 있어요.

정답 사자

동물 15

시끄럽게 우는데 노래한다고 하는 것은?

힌트를 차례로 보며
정답을 맞혀 보세요.

수컷만 울어요.

↓

여름에 자주 들을 수 있어요.

↓

대부분 몸이 짧고 넓어요.

깜짝 상식

'맴맴~' 소리를 내면서 여름의 시작을 알려요.
암컷은 발성기관이 없어 소리를 내지 못하고
수컷은 소리를 내면서 암컷에게 자신을 뽐내요.

정답 매미

싸우면 항상 지는 소는?

동물 16

빈칸에
정답을 써 보세요.

"고소한 우유를
만들어 주는
☐☐야."

깜짝 상식

맛있고 신선한 우유를 얻기 위해
농장에서 가축으로 기르는
동물이에요.

정답 젖소

동물 17

앞뒤가 똑같은 새는?

표에서 글자를 찾아
정답을 맞혀 보세요.

지	이	렁
러	기	잠
기	리	자

깜짝 상식

오리처럼 목이 길고 다리가 짧아요.
이 새의 이름처럼 앞뒤가 같은 낱말에는
아시아, 토마토, 스위스, 일요일이 있어요.

정답 기러기

동물 18

온몸에 가시를 꽂고 다니는 것은?

그림자를 보고
정답을 맞혀 보세요.

깜짝 상식

통통한 몸에 짧은 다리를 가지고 있어요.
등과 옆구리에는 뾰족뾰족한 가시가 돋아나서
몸을 보호하는 데 큰 도움이 돼요.

정답 고슴도치

동물 19

자리는 자리인데 앉지 못하는 자리는?

보기 3개 중에서
정답을 골라 보세요.

1. 잠자리
2. 도마뱀
3. 복어

깜짝 상식

몸이 길쭉한 이 곤충은 두 쌍의 가볍고 커다란 날개를 가지고 있어요. 비행을 하지 않고 잠시 쉴 때도 날개를 펴고 앉아 있지요.

정답 잠자리

동물

동물 20

항상 꿀을 달라고 조르는 동물은?

초성을 보고
정답을 맞혀 보세요.

ㄷ ㅈ

깜짝 상식

동화 〈아기 □□ 삼 형제〉에 등장해요.
모든 일에는 지혜와 끈기를 갖고
최선을 다해야 한다는 교훈이 담겨 있어요.

정답 돼지

동물 21

생일에 죽는 곤충은?

힌트를 차례로 보며
정답을 맞혀 보세요.

수명이 며칠 정도로 짧아요.

물지 않아요.

빛을 따라다녀요.

깜짝 상식

자라면서 입이 사라지기
때문에 사람을 물거나
질병을 옮기지는 않아요.

정답 하루살이

흰색과 검은색 줄무늬 옷을 입은 것은?

동물 22

빈칸에
정답을 써 보세요.

"줄무늬가 멋있는

☐☐☐ 이야."

깜짝 상식

검은색과 흰색의 줄무늬가 있는 초식 동물이에요. 무리 지어 다니고, 적이 오면 뒷다리로 걷어차면서 방어해요.

정답 얼룩말

동물 23

소리를 다섯 가지만 들을 수 있는 동물은?

표에서 글자를 찾아 정답을 맞혀 보세요.

오	구	리
렁	소	캥
루	거	이

깜짝 상식

몸의 크기나 색깔이 너구리와 비슷해요.
밤에 활동하며, 땅에 굴을 파고 살아요.
수를 나타내는 다섯은 숫자 5(오)라고도 해요.

정답 오소리

동물 24

항상 등이 둥글게 굽어 있는 동물은?

그림자를 보고
정답을 맞혀 보세요.

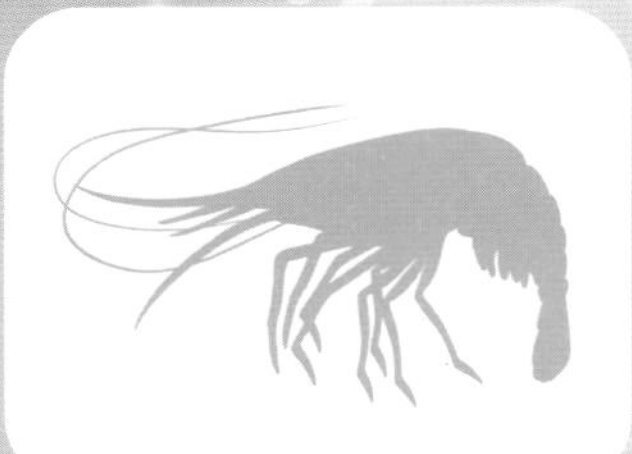

깜짝 상식

적이 다가오면 등을 구부렸다가 힘차게 튀어 올라요. 이때 순간적으로 강한 물살을 만들어 적이 정신을 못 차릴 때 도망치지요.

정답 새우

동물 25

어른이 되면 머리에 빨간 리본을 매는 동물은?

보기 3개 중에서
정답을 골라 보세요.

1. 뱀
2. 소
3. 닭

깜짝 상식

이 동물의 수컷이 '꼬끼오' 하고 울어요.
미국과 영국에서는 '코커두들두~' , 프랑스에서는 '코코리꼬~' 하며 운다고 표현하지요.

정답: 닭

동물 26

어른이 되면 꼬리가 없어지는 동물은?

초성을 보고
정답을 맞혀 보세요.

ㄱ ㄱ ㄹ

깜짝 상식

'개울가에 올챙이 한 마리 꼬물꼬물 헤엄치다♪'
우리가 즐겨 부르는 동요에 나오는 올챙이는
이 동물이 어렸을 때의 이름이에요.

정답 개구리

동물

동물 27

음식을 먹기 전에 소리를 내는 것은?

힌트를 차례로 보며
정답을 맞혀 보세요.

날씨가 따뜻할 때 활동해요.

물가에 알을 낳아요.

머리 · 가슴 · 배로 구분돼요.

깜짝 상식

'앵앵~' 소리를 내면서 사람의 피를 빨아 먹어요.
물리면 살갗이 가렵고 빨갛게 부어올라요.
피를 빨면서 질병을 옮기기도 해서 조심해야 해요.

정답 모기

동물 28

배에 아기를 넣고 뛰어다니는 동물은?

빈칸에
정답을 써 보세요.

"껑충껑충
점프를 잘하는
☐☐☐야."

깜짝 상식

호주에 많이 사는 동물이에요.
암컷 배에 '육아낭'이라는 새끼주머니가 있어서
이곳에 새끼를 넣어 다니며 보호하지요.

정답 캥거루

동물 29

팔다리가 없고 눈도 없는 동물은?

표에서 글자를 찾아 정답을 맞혀 보세요.

렁	기	오
이	지	더
구	어	징

깜짝 상식

꿈틀꿈틀 기어다니면서 땅속에 길을 만들어요.
이 길을 통해 공기와 수분을 공급받은 땅이
건강해져서, 식물이 잘 자랄 수 있답니다.

정답 지렁이

동물 30

고양이를 무서워하지 않는 쥐는?

그림자를 보고
정답을 맞혀 보세요.

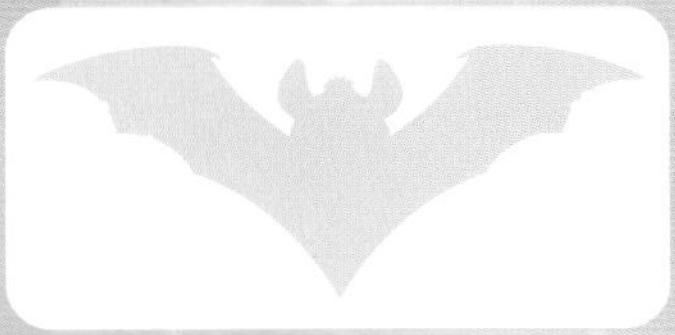

깜짝 상식

하늘을 날 수 있는 유일한 포유류예요.
동굴 천장이나 나무, 벽 등에 거꾸로 매달려서
쉬기도 하고 잠을 자기도 해요.

정답 박쥐

동물 31

점을 잘 치는 벌레는?

보기 3개 중에서
정답을 골라 보세요.

1. 파리
2. 장수풍뎅이
3. 무당벌레

깜짝 상식

몸이 동글동글하고 색깔이 화려해요.
딱지날개에 여러 개의 물방울 무늬가 있고 단단해서 적으로부터 몸을 보호해 주지요.

정답 무당벌레

동물 32

하루 종일 꽃만 쫓아다니는 것은?

초성을 보고
정답을 맞혀 보세요.

ㄲ ㅂ

깜짝 상식

여왕벌 한 마리를 중심으로 모여 살아요.
먹이를 저장하기 위해 꿀과 꽃가루를 모으지요.
우리는 이 곤충에게서 꿀을 얻어요.

정답 꿀벌

한눈에 보는 동물 수수께끼

동물 수수께끼의
정답을 맞혀요.

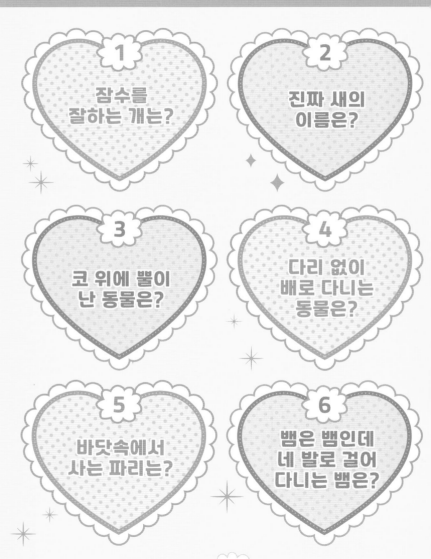

1
잠수를
잘하는 개는?

2
진짜 새의
이름은?

3
코 위에 뿔이
난 동물은?

4
다리 없이
배로 다니는
동물은?

5
바닷속에서
사는 파리는?

6
뱀은 뱀인데
네 발로 걸어
다니는 뱀은?

7

가장 오래 사는 풍뎅이는?

8

가위를 들고 거품을 내며 옆으로 가는 것은?

9

똑똑해서 학교에 다니는 물고기는?

10

고양이를 싫어하는 동물은?

정답 ①조개 ②참새 ③코뿔소 ④뱀 ⑤해파리 ⑥도마뱀 ⑦장수풍뎅이 ⑧꽃게 ⑨고등어 ⑩미어캣

사다리 타기 놀이터

사다리를 타고 그림자에 맞는 캐릭터를 찾아보세요.

꽥꽥
오리가
꽁꽁
얼면?

항상
우산을 들고
서 있는
것은?

자꾸만
보겠다고
하는
곡식은?

방귀를
뀌는
나무는?

물을
먹으면
죽는 것은?

햇볕을
쬐면 죽는
사람은?

2장
파릇파릇
자연 수수께끼

자연 01

개는 개인데 잡을 수 없는 개는?

힌트를 차례로 보며 정답을 맞혀 보세요.

빛깔이 알록달록해요.

↓

비 온 뒤에 하늘에 생겨요.

↓

영어로는 '레인보우'예요.

깜짝 상식

물방울이 햇빛을 받아서 나타나요.
빨강, 주황, 노랑, 초록, 파랑, 남색, 보라색
일곱 빛깔이에요. 북한에서는 '색동다리'로 불러요.

정답 무지개

자연

자연 02

개 중에 가장 빠른 개는?

빈칸에 정답을 써 보세요.

"달리기 선수는 □□ 처럼 매우 빨라."

깜짝 상식

비가 많이 올 때 천둥과 함께 나타나요.
□□가 먼저 '번쩍' 빛을 내면서 지나간 뒤에
천둥이 '우르르 쾅쾅' 하고 울리지요.

정답 번개

자연 03

타면 탈수록 덜덜 떨리는 것은?

표에서 글자를 찾아 정답을 맞혀 보세요.

추	수	고
구	위	근
학	마	당

깜짝 상식

공기의 온도가 낮아 추운 것을 말해요.
우리는 여름보다 겨울에 □□를 더 많이 느껴요.
반대로 온도가 높아 더운 것을 '더위'라고 해요.

정답 추위

자연 04

팔을 벌리고 서 있는 무는?

그림자를 보고
정답을 맞혀 보세요.

깜짝 상식

소□□, 단풍□□ 등 종류가 다양해요.
굵은 줄기에서 가지가 자라고 잎이 돋아나지요.
여름에는 잎이 풍성해져 그늘을 만들어 줘요.

정답 나무

자연 05

하늘에서 떨어지는 박은?

보기 3개 중에서
정답을 골라 보세요.

1 수박

2 우박

3 호박

깜짝 상식

구름 속 작은 물방울이 떨어지는 것이 '비'예요.
물방울들이 찬 공기를 만나면 얼음덩어리가 되어
떨어지는데, 이것을 □□이라고 하지요.

정답 우박

자연 06

항상 우산을 들고 서 있는 것은?

초성을 보고
정답을 맞혀 보세요.

ㅂ ㅅ

깜짝 상식

건강에 좋아서 음식이나 약에 많이 쓰여요.
이것의 종류로는 송이□□, 팽이□□ 등
생김새와 종류가 다양해요.

정답 버섯

자연 07

햇볕을 쬐면 죽는 사람은?

힌트를 차례로 보며
정답을 맞혀 보세요.

숫자 8처럼 생겼어요.

겨울에 볼 수 있어요.

눈을 뭉쳐서 만들어요.

깜짝 상식

겨울이 되어 눈이 오면 볼 수 있어요.
눈을 뭉쳐서 사람 모양으로 만든 것을 말해요.
나뭇가지나 당근으로 꾸미기도 해요.

정답 눈사람

자연 08

항상 모자를 쓰고 다니는 것은?

빈칸에 정답을 써 보세요.

"다람쥐가 좋아하는 열매는 □□□ 야."

깜짝 상식

참나무에서 열리는 열매예요.
가을이면 다람쥐가 □□□를 볼 주머니에 가득 넣어 나르고, 겨울 내내 먹이로 사용하지요.

정답 도토리

자연 09

늘 아래로만 내려가는 것은?

표에서 글자를 찾아
정답을 맞혀 보세요.

포	가	호
연	폭	오
필	리	박

깜짝 상식

절벽 위에서 아래로 떨어지는 물줄기를 말해요.
바닥의 높이가 매우 가파른 강이나 호수,
산골짜기에서 볼 수 있지요.

정답 폭포

자연 10

밤에는 아무리 찾아도 없는 것은?

그림자를 보고
정답을 맞혀 보세요.

깜짝 상식

태양을 가리키는 순우리말이에요.
아침이면 동쪽 하늘에서 밝게 떠오르고
저녁이면 서쪽 하늘에서 서서히 진답니다.

정답 해

자연 11

밤에 봐야 아름답게 보이는 꽃은?

보기 3개 중에서
정답을 골라 보세요.

1. 불꽃
2. 나팔꽃
3. 해바라기

깜짝 상식

폭죽을 터트리면 '팡팡' 터지면서 □□이 나와요.
빛깔과 모양이 다양하고 화려한 □□을 보려고
세계 곳곳에서 축제가 열려요.

정답 불꽃

자연 12

가지 말라고 해도 꼭 가는 것은?

초성을 보고
정답을 맞혀 보세요.

ㅅ ㄱ

깜짝 상식

□□은 멈추지 않고 같은 속도로 흘러요.
몇 시 몇 분인지 □□이 궁금할 때는
시계를 보면 알 수 있어요.

정답 시간

자연 13

굴은 굴인데 먹지 못하는 굴은?

힌트를 차례로 보며
정답을 맞혀 보세요.

깊은 곳은 어두워요.

↓

여름에는 시원해요.

↓

이 안에서는 소리가 울려요.

깜짝 상식

자연적으로 땅속에 생긴 깊고 넓은 굴이에요.
우리나라에는 동굴이 많아요. 그중 가장 큰 동굴은
강원도 삼척에 있는 '환선굴'이에요.

정답 동굴

자연 14

하얀 머리를 풀고 높은 곳에서 춤을 추는 것은?

빈칸에 정답을 써 보세요.

"굴뚝에서 하얀 □□가 나고 있어."

깜짝 상식

어떤 물체가 불에 타면 □□가 생겨요.
주위의 공기보다 가벼워서 위로 올라가지요.
타는 물체의 종류 등에 따라 색깔이 다양해요.

정답 연기

자연 15

꼬리만 흔들고 사람을 따라가지 않는 강아지는?

표에서 글자를 찾아 정답을 맞혀 보세요.

강	도	리
아	지	보
풀	라	토

깜짝 상식

살랑살랑 흔드는 강아지의 꼬리를 닮았다고 해서 이름이 붙여졌어요. '개꼬리풀'이라고도 해요.

정답 강아지풀

자연 16

늘 해를 바라보며 사는 꽃은?

그림자를 보고
정답을 맞혀 보세요.

깜짝 상식

여름을 대표하는 꽃이에요.
꽃송이가 큰 편이며, 샛노란 빛깔의 꽃잎이
풍성하게 난 모습이 아름다워요.

정답 해바라기

자연 17

방귀를 뀌는 나무는?

보기 3개 중에서
정답을 골라 보세요.

① 뽕나무

② 대나무

③ 참나무

깜짝 상식

이 나무의 열매는 '오디'예요.
많이 먹으면 소화가 잘 되어
방귀가 뽕뽕 잘 나온다고
하여 □□□라고
이름 붙여졌어요.

정답 뽕나무

자연 18

발은 발인데 좋은 향기가 나는 발은?

초성을 보고
정답을 맞혀 보세요.

ㄲ ㄷ ㅂ

깜짝 상식

축하와 감사, 사랑의 마음을 □□□에 담아 선물로 줘요. 꽃이나 돈의 묶음을 셀 때 '다발'이라는 단위를 사용하지요.

정답 꽃다발

자연 19

할머니, 할아버지가 제일 좋아하는 폭포는?

힌트를 차례로 보며 정답을 맞혀 보세요.

할머니, 할아버지는 이것이 많아요.

일곱 글자예요.

'오라'의 반대말은 '가라'예요.

깜짝 상식

세계 3대 폭포 가운데 하나예요.
규모가 크고 아름다워 사람들이 많이 찾지요.
미국과 캐나다 사이에 걸쳐 있어요.

정답 나이아가라 폭포

밤에만 볼 수 있고 아침이면 사라지는 것은?

빈칸에 정답을 써 보세요.

"반짝반짝 작은 □♪
아름답게 비치네♪"

깜짝 상식

□은 밤하늘에서 반짝반짝 빛을 내요.
아침이 되면 볼 수 없는 이유는, 밝은 햇빛에
가려지기 때문이에요.

정답 별

자연 21

소리가 나지 않는 방울은?

표에서 글자를 찾아 정답을 맞혀 보세요.

스	울	토
방	리	병
트	솔	아

깜짝 상식

주로 소나무 열매를 말해요. 작은 비늘 조각들이 붙어 있는 모양이지요. 물기를 머금으면 비늘 조각들이 쫙 펼쳐져요.

정답 솔방울

자연 22

자꾸만 보겠다고 하는 곡식은?

그림자를 보고
정답을 맞혀 보세요.

깜짝 상식

쌀밥과 □□밥은 식사 때 주로 먹는 음식이에요. 떡, 빵 등 다양한 음식의 재료로 활용되지요.

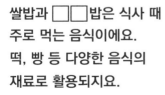

정답 보리

자연 23

얼음이 녹으면 물, 눈이 녹으면?

보기 3개 중에서
정답을 골라 보세요.

① 가을
② 겨울
③ 봄

깜짝 상식

추운 겨울이 지나고 따뜻한 바람이 살랑살랑 부는 계절이에요. □이 오면 꽃이 피고 푸릇푸릇한 새싹이 돋아요.

정답 봄

자연 24

꽥꽥 오리가 꽁꽁 얼면?

초성을 보고
정답을 맞혀 보세요.

ㅇ ㄷ

깜짝 상식

오리를 영어로 duck[덕]이라고 해요.
땅이 조금 높이 올라가 있는 □□에 오르면
동네를 한눈에 내려다 볼 수 있어요.

정답 언덕

자연 25

아무리 키 큰 사람의 머리도 쓰다듬을 수 있는 것은?

힌트를 차례로 보며 정답을 맞혀 보세요.

선풍기나
에어컨에서 나와요.

↓

공기의 움직임을 말해요.

↓

머리카락을
날릴 수 있어요.

깜짝 상식

계절이나 불어오는 방향에 따라 이름도 다양해요.
꽃이 피는 봄에 불어오는 것은 '꽃□□',
동쪽에서 불어오는 것은 '샛□□'이라고 불러요.

정답 바람

자연 26

땀을 흘릴수록 작아지는 것은?

빈칸에 정답을 써 보세요.

"☐☐을 동동 띄운 주스가 맛있어."

깜짝 상식

물이 얼어 단단한 상태가 된 것을 말해요.
열을 가해 녹이면 다시 물이 되고, 열을 더 가해 끓이면 수증기가 되어 날아가지요.

정답 얼음

자연 27

오리를 날것으로 먹으면?

표에서 글자를 찾아
정답을 맞혀 보세요.

회	자	도
기	오	딸
포	감	리

깜짝 상식

고기나 생선을 불에 익히지 않고 날것으로 먹는 음식을 '회'라고 해요. □□□는 바람이 빙글빙글 돌면서 올라가는 것을 말해요.

정답 회오리

자연 28

물을 먹으면 죽는 것은?

그림자를 보고
정답을 맞혀 보세요.

깜짝 상식

뜨거운 열과 빛을 내면서 타는 것을 말해요.
공기가 잘 통해야 하는데, 여기에 물을 뿌리면
공기가 통하지 않아 더 이상 타지 않아요.

정답 불

자연 29

많이 먹어도 배가 부르지 않는 것은?

보기 3개 중에서
정답을 골라 보세요.

1. 포도
2. 공기
3. 고구마

깜짝 상식

사람과 동물, 식물이 살아가는 데 꼭 필요해요.
눈에 보이지 않고 맛이나 냄새도 나지 않지만
항상 우리 주위를 둘러싸고 있답니다.

정답 공기

자연 30

매일 쫓아다니다가 어둠이 오면 도망가는 것은?

초성을 보고
정답을 맞혀 보세요.

ㄱ ㄹ ㅈ

깜짝 상식

햇빛이나 전등 빛이 물체를 비출 때
물체 뒤쪽에 생기는 검은 그늘을 말해요.
'□□□밟기'라는 재미있는 놀이도 있어요.

정답 그림자

한눈에 보는 자연 수수께끼

자연 수수께끼의 정답을 맞혀요.

1

어두우면 잘 보이고 환하면 잘 보이지 않는 것은?

2

못은 못인데 벽에 박을 수 없는 못은?

3

꽃은 꽃인데 소리가 나는 꽃은?

4

뾰족하고 따가운 불은?

5

나이가 들수록 고개를 푹 숙이는 것은?

6

소는 소인데 날로 먹는 소는?

7

커지면서
옷을 벗으려고
하는 것은?

8

산에 숨어서
남의 흉내만
내는 것은?

9

조금 나왔어도
쑥 나왔다고 하는
채소는?

10

저축을 좋아하는
나무는?

정답 ①별 ②연못 ③나팔꽃 ④가시덤불 ⑤벼 ⑥채소 ⑦밤송이
⑧메아리 ⑨쑥 ⑩은행나무

그림자 놀이터

산리오캐릭터즈의 그림자를 잘 보고
같은 포즈를 찾아 동그라미 하세요.

옷에
달려 있는
빵은?

누르면
사람이
나오는 것은?

눈물을
흘리면 키가
작아지는
것은?

화르르 불을
일으키는
비는?

고기를
먹고 나면
따라오는
개는?

가슴에
흑심을
품고 있는
것은?

3장
알쏭달쏭 사물 수수께끼

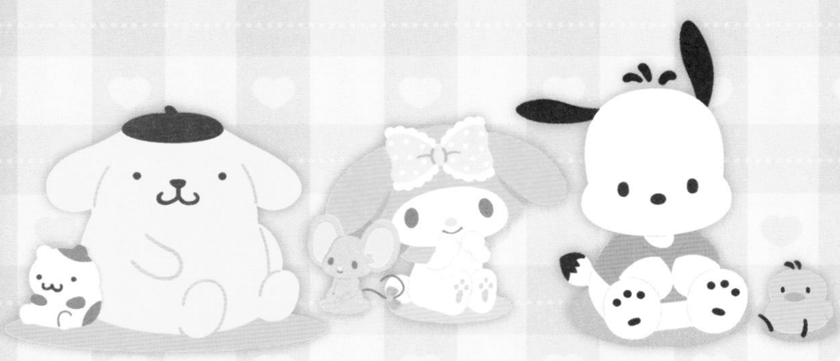

사물 01

가슴에 흑심을 품고 있는 것은?

힌트를 차례로 보며 정답을 맞혀 보세요.

글을 쓸 때 사용해요.

한쪽 끝이 뾰족해요.

지우개와 짝꿍이에요.

깜짝 상식

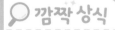

기다란 나무 몸통 안에 검은색 심이 들어 있어요.
검은색 심을 한자어로 흑심이라고 하는데,
검은 마음을 나타낼 때는 욕심이 많음을 뜻해요.

정답 연필

사물 02

감은 감인데 색깔이 알록달록한 감은?

빈칸에 정답을 써 보세요.

"알록달록 예쁜 색깔의

☐☐ 으로

그림을 그려."

깜짝 상식

그림을 그릴 때 물과 섞어 사용하는 거예요.
두 가지 색 이상을 섞어 새로운 색을 만들기도 해요.
빨간색과 파란색을 섞으면 보라색이 된답니다.

정답 물감

사물 03

감은 감인데 아이들이 좋아하는 감은?

표에서 글자를 찾아
정답을 맞혀 보세요.

베	장	오
난	트	어
징	감	남

깜짝 상식

귀여운 곰 인형, 뚝딱뚝딱 소꿉놀이 세트,
멋진 로봇 친구와 놀면 정말 신나지요.
놀이할 때 사용하는 물건을 □□□이라고 해요.

정답 장난감

사물 04

검은색 이와 흰색 이가 노래하는 것은?

그림자를 보고 정답을 맞혀 보세요.

깜짝 상식

검은색과 흰색으로 된 건반을 차례대로 누르면
'도레미파솔~♪' 하고 소리가 나지요.
□□□로 신나는 음악을 연주할 수 있어요.

정답 피아노

사물 05

눈물을 흘리면 키가 작아지는 것은?

보기 3개 중에서
정답을 골라 보세요.

1 양초
2 필통
3 테이프

깜짝 상식

갑자기 전기가 끊겨서 어두워졌을 때,
불을 밝혀 줘요. 또 생일 케이크에 꽂힌 개수로
생일을 맞이한 주인공의 나이를 알 수 있어요.

정답 양초

사물 06

병은 병인데 아름다운 병은?

초성을 보고
정답을 맞혀 보세요.

ㄲ ㅂ

깜짝 상식

꽃을 담는 병이에요. 향기가 좋고 아름다운 꽃을 집에서도 볼 수 있지요. 활짝 피지 않은 것을 꽂으면 더 오래 볼 수 있어요.

정답 꽃병

사물 07

비 오는 날에만 돌아다니는 것은?

힌트를 차례로 보며 정답을 맞혀 보세요.

비를 막아 줘요.

크기와 색이 다양해요.

영어로 umbrella라고 해요.

깜짝 상식

'보슬보슬 주룩주룩' 비가 내리는 날에는 □□을 써요. 물이 스며들지 못하게 하는 물질이 발라져 있어서, 우리 몸이 비에 젖지 않아요.

정답 우산

사물 08

빨간 옷을 입고 종이만 받아먹는 것은?

빈칸에 정답을 써 보세요.

"편지 먹는 것을 좋아하는 ☐☐☐ 이야."

깜짝 상식

친구한테 쓴 엽서나 편지를 넣는 통이에요. 주소를 쓰고 우표를 붙이면, 고마운 우편배달부가 전달해 주지요.

정답 우체통

사물 09

산이나 강, 길이 있어도 사람이 못 다니는 것은?

표에서 글자를 찾아 정답을 맞혀 보세요.

도	고	영
양	지	이
다	수	리

깜짝 상식

땅의 모양을 작게 그려 놓은 거예요.
도로의 모양을 작게 보여 주는 자동차 내비게이션 화면도 지도의 한 종류이지요.

정답 지도

사물 10

세상에서 가장 무서운 알은?

그림자를 보고
정답을 맞혀 보세요.

깜짝 상식

총을 쏘면 발사되는 총탄을 말해요.
매우 빠른 속도로 날아가 목표물을 맞히지요.
총은 아주 위험해서 함부로 다루면 안 돼요.

정답 총알

사물 11

얼굴은 6개이고 눈은 21개인 것은?

보기 3개 중에서
정답을 골라 보세요.

① 거북이

② 주사위

③ 뱀

사물

깜짝 상식

신나는 보드게임을 할 때 사용해요.
□□□를 던져서 나온 숫자대로 움직여
게임을 하지요. 6개의 면에 모두 21개의 점이 있어요.

정답 주사위

사물 12

옷에 달려 있는 빵은?

초성을 보고
정답을 맞혀 보세요.

ㅁ ㅃ

깜짝 상식

□□은 바지나 치마가 흘러 내리지 않도록 어깨에 걸쳐 고정하는 끈이에요. 허리띠도 같은 이유로 사용하지요.

정답 멜빵

사물 13

아침저녁으로 사람에게 절을 받는 것은?

힌트를 차례로 보며 정답을 맞혀 보세요.

욕실에 있어요.

↓

여기에서 세수를 해요.

↓

양치도 여기에서 해요.

깜짝 상식

손이나 얼굴을 씻는 곳이에요.
아침마다 이 앞에 서서
깨끗하게 세수하지요.
세수와 세면은 같은 말이에요.

정답 세면기

사물 14

잘 때려야 칭찬을 받을 수 있는 것은?

빈칸에 정답을 써 보세요.

"못을 단단하게 박아 주는

□□야."

깜짝 상식

'쿵쾅쿵쾅' 쇠로 된 □□는 벽에 못을 박을 때 사용하는 도구예요. 단단한 물체를 부술 때도 사용하지요.

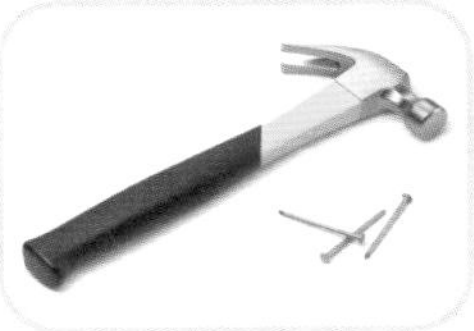

정답 망치

사물 15

해가 뜨면 긴 줄에 매달려 춤추는 것은?

표에서 글자를 찾아 정답을 맞혀 보세요.

고	어	동
니	래	언
빨	등	생

깜짝 상식

□□를 뽀송뽀송하게 잘 말리려면 바람과 햇빛이 필요해요. 시원한 바람과 따뜻한 햇빛은 옷을 바짝 마르게 해 주지요.

정답 빨래

사물 16

눈 좋은 사람은 잘 안 보이고 눈 나쁜 사람은 잘 보이는 것은?

그림자를 보고
정답을 맞혀 보세요.

깜짝 상식

눈이 나빠져서 앞이 잘 보이지 않으면 □□을 써요. 먼 것은 가깝게, 흐린 것은 선명하게 보이도록 도와주지요.

정답 안경

사물 17

손님이 올 때마다 끌려 나오는 것은?

보기 3개 중에서
정답을 골라 보세요.

1 방석
2 볼펜
3 토마토

깜짝 상식

바닥에 깔고 앉는 물건이에요.
푹신푹신해서 딱딱하고
찬 바닥으로부터 엉덩이를
보호해 주지요.

정답 방석

사물 18

누르면 사람이 나오는 것은?

초성을 보고
정답을 맞혀 보세요.

ㅊ ㅇ ㅈ

깜짝 상식

'딩동' 하고 누르면 안에 있던 사람이 나와요.
이것이 없던 옛날에는 "이리 오너라~."라고
문밖에서 소리쳐 알렸지요.

정답 초인종

사물 19

고기를 먹고 나면 따라오는 개는?

힌트를 차례로 보며 정답을 맞혀 보세요.

가늘고 끝이 뾰족해요.

↓

녹말이나 나무로 만들어요.

↓

식당에서 볼 수 있어요.

깜짝 상식

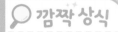

이와 이 사이에 낀 음식물을 빼낼 때 사용해요.
□□□□보다 더 좋은 방법은 양치를 하는 거예요.
칫솔과 치약이 이를 깨끗하게 만들어 줘요.

정답 이쑤시개

사물 20

다리 둘에 갈비뼈만 있는 것은?

빈칸에 정답을 써 보세요.

"길쭉하고 튼튼한 □□□야."

깜짝 상식

길쭉길쭉한 □□□는 높은 곳까지 안전하게 올라갈 수 있도록 도와줘요. □□□를 사용하면 손에 닿지 않는 물건도 쉽게 잡을 수 있어요.

정답 사다리

사물 21

더운 날에만 날개를 움직이는 것은?

표에서 글자를 찾아
정답을 맞혀 보세요.

코	존	끼
아	선	마
기	풍	리

깜짝 상식

바람을 일으켜서 더위를 식혀 주는 기계예요.
손으로 흔들어 바람을 일으키는 부채보다
바람이 세고 시원하지요.

정답 선풍기

사물 22

동화는 동화인데 읽을 수 없는 동화는?

그림자를 보고
정답을 맞혀 보세요.

깜짝 상식

우리는 밖을 나갈 때 신발을 신어요.
또각또각 구두, 비 올 때 신는 장화, 운동을 할 때도
평소에도 신는 편한 □□□도 있어요.

정답 운동화

사물 23

들어갈 곳은 하나인데, 나오는 곳은 둘인 것은?

보기 3개 중에서 정답을 골라 보세요.

1. 벨트
2. 목걸이
3. 바지

깜짝 상식

위에는 티셔츠나 블라우스를 입고,
아래에는 치마나 □□를 입어요. 더운 여름에는 짧은 □□를, 추운 겨울에는 긴 □□를 주로 입지요.

정답 바지

사물 24

들어갈 때 짐이 많고, 나올 때는 짐이 없는 것은?

초성을 보고 정답을 맞혀 보세요.

ㅅ ㄱ ㄹ

깜짝 상식

날씬한 젓가락과 짝꿍이에요.
젓가락은 반찬을 먹는 데 사용하고 □□□은
밥이나 국을 떠먹을 때 쓰지요.

정답 숟가락

사물 25

말은 말인데 타지 못하는 말은?

힌트를 차례로 보며 정답을 맞혀 보세요.

맨발에 신어요.

↓

신발 안에 신어요.

↓

발을 따뜻하게 해줘요.

깜짝 상식

□□은 소중한 우리의 두 발을 보호해 줘요.
'서양에서 건너온 버선'이란 뜻으로, 버선은 우리 조상님들이 발을 보호하려고 신은 거예요.

정답 양말

사물 26

물에 젖은 것만 좋아하는 것은?

빈칸에 정답을 써 보세요.

"빨래 너는 것을 잘 도와주는 ☐☐☐ 이야."

깜짝 상식

물에 젖은 빨래를 널 때 사용하는 줄이에요.
빨래를 꼭 짠 후 줄 위에 걸어 두면,
햇볕 아래에서 뽀송뽀송하게 말라요.

정답 빨랫줄

사물 27

화르르 불을 일으키는 비는?

표에서 글자를 찾아 정답을 맞혀 보세요.

시	동	아
리	개	비
성	냥	소

깜짝 상식

케이크를 사면 초와 함께 들어 있어요.
나무로 되어 있고 끝부분이 빨간색이에요.
밖에서도 쉽게 불을 지필 수 있도록 만들어졌지요.

정답 성냥개비

사물 28

사람이 잘 때 친해지는 개는?

그림자를 보고
정답을 맞혀 보세요.

깜짝 상식

우리가 잘 때 머리와 목을 받쳐 주어
편안히 푹 잘 수 있게 해 주는 물건이에요.
솜, 깃털, 메밀 등을 채워 만들지요.

정답 베개

사물 29

분명히 사 왔는데, 못 사왔다고 하는 것은?

보기 3개 중에서
정답을 골라 보세요.

1. 못
2. 나사
3. 줄자

깜짝 상식

금속으로 만들어진 딱딱하고 뾰족한 도구예요. 물체를 고정하거나 벽에 멋있는 그림을 걸 때 사용하지요. 망치와 함께 일하는 짝꿍이에요.

정답 못

사물 30

사람들이 가장 좋아하는 물은?

초성을 보고
정답을 맞혀 보세요.

ㅅ ㅁ

깜짝 상식

"울면 안 돼. 울면 안 돼. 산타 할아버지는 우는 애들에겐 □□을 안 주신대~♪"라는 유명한 크리스마스 동요가 있어요.

정답 선물

사물 31

어디든 갈 수 있지만, 방에는 못 들어가는 것은?

힌트를 차례로 보며 정답을 맞혀 보세요.

두 글자예요.

외출할 때 필요해요.

양말 다음에 신어요.

깜짝 상식

밖에 나갈 때는 이것을 꼭 신어야 해요.
흙먼지나 날카로운 것에서 발을 보호해 주지요.
운동화, 구두, 샌들, 부츠 등 종류가 다양해요.

정답 신발

사물 32

공기만 먹고도 살이 찌는 것은?

빈칸에 정답을 써 보세요.

"공기를 먹으면 배가 빵빵하게 부푸는 ☐☐이야."

깜짝 상식

뾰족한 걸로 '톡' 하고 터트리면 '펑' 하고 터져요.
공기를 잔뜩 먹고 하늘을 둥둥 떠다녀요.
헬륨 가스가 들어 있는 것을 마시면 목소리가
재미있게 변하지요.

정답 풍선

사물 33

찢지 않으면 읽을 수 없는 것은?

표에서 글자를 찾아
정답을 맞혀 보세요.

코	사	아
편	지	코
탕	봉	투

깜짝 상식

편지를 넣는 작은 봉투를 말해요.
편지 내용을 다른 사람이 보거나
편지지가 더러워지는 것을 막아 주지요.

정답 편지 봉투

사물 34

머리로 넣으면 입으로 나오는 것은?

그림자를 보고
정답을 맞혀 보세요.

깜짝 상식

물을 보글보글 끓일 때 사용해요.
뚜껑을 열고 물을 넣어 끓이면, 옆의 주둥이로
하얗고 뜨거운 김이 모락모락 피어나요.

정답 주전자

한눈에 보는 사물 수수께끼

사물 수수께끼의 정답을 맞혀요.

1

동생이 형을 많이 좋아하면?

2

중학생과 고등학생이 타는 차는?

3

업고 올라가서 타고 내려오는 것은?

4

새로 사자마자 물에 적셔 입는 것은?

5

문제투성이인 것은?

6

산은 산인데 해를 좋아하는 산은?

7

똑같은 물건인데 사람마다 다르게 보이는 것은?

8

약을 먹고 사람을 콕 찌르는 것은?

9

올라가면 닫히고 내려가면 열리는 것은?

10

학용품 중에서 제일 게으른 것은?

정답 ① 형광펜 ② 중고차 ③ 낙하산 ④ 수영복 ⑤ 시험지 ⑥ 양산 ⑦ 거울 ⑧ 주사기 ⑨ 지퍼 ⑩ 자

미로 놀이터

시나모롤과 쿠로미가 미로에 갇혔어요.
빠져나오도록 도와주세요!

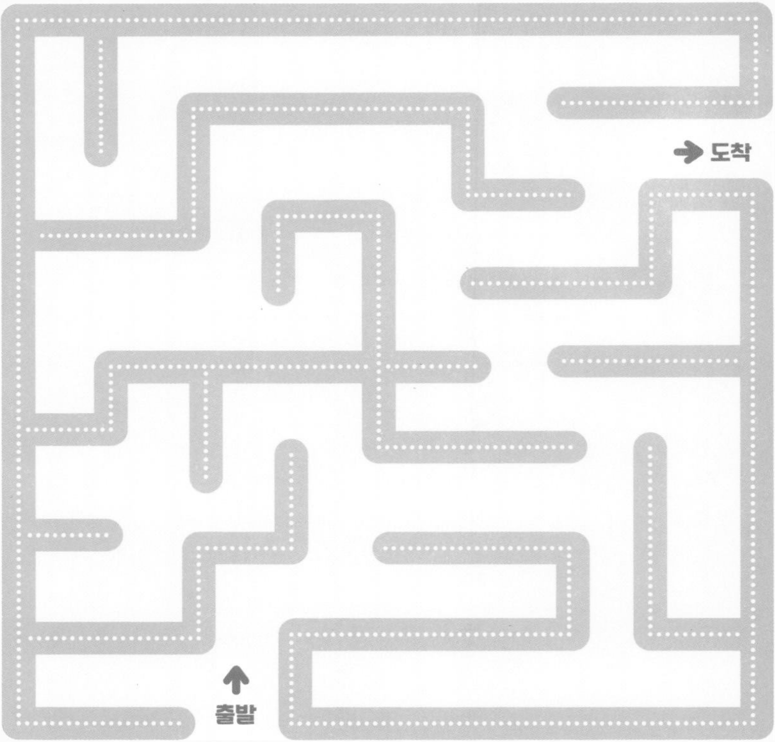

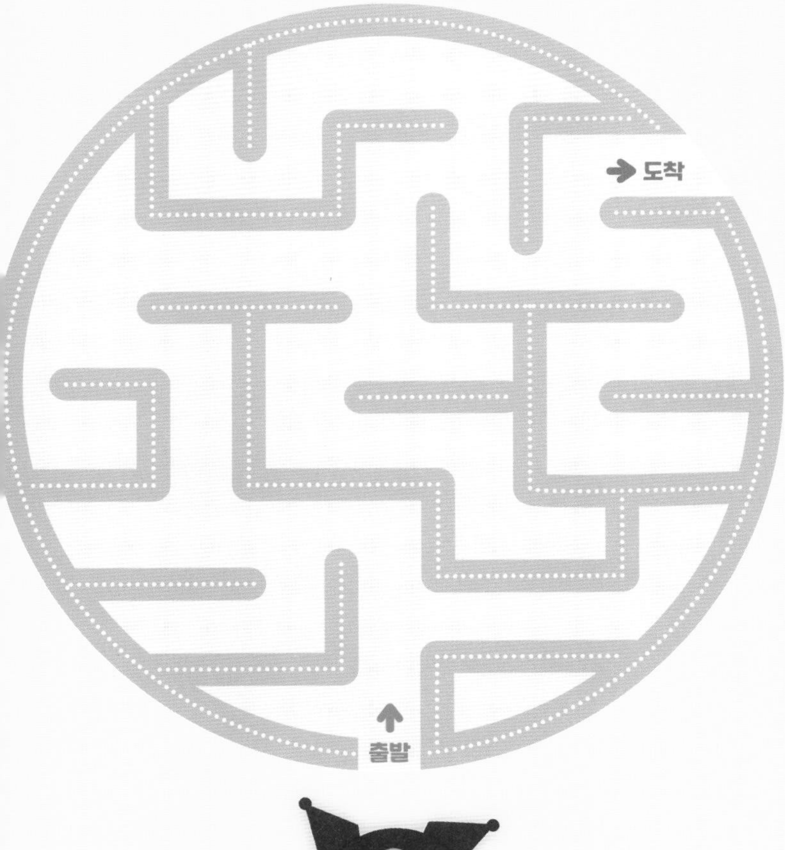
도착
출발

눈 올 때
웃는
웃음은?

다리가
없는
공주는?

별 볼일
많은
사람은?

새 발의
피로
부자가
된 사람은?

큰 바위에
구멍이
두 개인
것은?

자꾸만
윙크하는
사람은?

4장
궁금궁금 사람 수수께끼

사람 01

불을 끄지 못하면 잠 못 드는 사람은?

보기 3개 중에서 정답을 골라 보세요.

1. 수학자
2. 과학자
3. 소방관

깜짝 상식

불이 나면 영웅처럼 나타나 뜨거운 불을 끄고 사람들을 구해 줘요. 위험한 일도 마다치 않고 우리를 지켜주는 고마운 사람이에요.

정답 소방관

사람 02

교실에서 공부를 안 해도 되는 사람은?

초성을 보고
정답을 맞혀 보세요.

ㅅ ㅅ ㄴ

깜짝 상식

'학교 종이 땡땡땡 어서 모이자~ □□□이
우리를 기다리신다~♪'라는 동요가 있어요.
'가르치는 사람'을 이렇게 부르지요.

정답 선생님

사람 03

내 것인데 다른 사람이 더 많이 쓰는 것은?

힌트를 차례로 보며 정답을 맞혀 보세요.

태어나면서 갖게 돼요.

보통 부모님이 지어 줘요.

다른 사람을 부를 때 써요.

깜짝 상식

아기가 태어나면 부모님이 □□을 지어 줘요. 사람들 사이에서 서로를 부를 때 사용하지요. □□마다 담겨 있는 의미가 달라요.

정답 이름

사람 04

눈 올 때 웃는 웃음은?

빈칸에 정답을 써 보세요.

"웃을 때 매력적인 □□□ 이야."

깜짝 상식

'까르르' 소리 없이, 눈으로만 조용히 웃는 것을 말해요. □□□을 지으면, 눈이 반달에서 초승달 모양으로 바뀌어요.

정답 눈웃음

사람 05

도둑을 만나면 기뻐하는 사람은?

표에서 글자를 찾아
정답을 맞혀 보세요.

리	병	양
아	이	관
고	경	찰

깜짝 상식

우리 동네를 안전하게 지켜 줘요.
물건을 훔치는 등의 나쁜 일을 한 사람을 잡아가고,
도로 위의 차들이 질서를 지키도록 안내하지요.

정답 경찰관

사람 06

다리가 없는 공주는?

그림자를 보고 정답을 맞혀 보세요.

깜짝 상식

□□□□는 사람의 몸에 물고기의 꼬리를 가졌어요. 사랑을 위해 목소리를 주고 다리를 얻었지만 결국 물거품이 된 □□□□ 동화는 아주 유명해요.

정답 인어공주

사람 07

별 볼일 많은 사람은?

보기 3개 중에서
정답을 골라 보세요.

1. 농부
2. 천문학자
3. 작가

깜짝 상식

'반짝반짝' 하늘에 있는 별과 달을 공부하는 사람이에요. 망원경을 이용해서 멀리 떨어진 우주의 비밀을 밝혀내고, 별들의 움직임을 관찰해요.

정답 천문학자

사람 08

돌은 돌인데 가장 인기 있는 돌은?

초성을 보고
정답을 맞혀 보세요.

ㅇ ㅇ ㄷ

깜짝 상식

노래와 춤으로 사람들을 즐겁게 하는 사람이에요.
무대에서 빛나는 별이란 뜻으로 스타라고
부르기도 해요.

정답 아이돌

사람 09

슈퍼마켓에서 일하는 아저씨는?

힌트를 차례로 보며 정답을 맞혀 보세요.

힘이 엄청 세요.

↓

사람들을 구하는 영웅이에요.

↓

영화에 나오는 캐릭터예요.

깜짝 상식

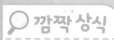

하늘을 '슝슝' 날아다니면서 위험에 처한 사람들을 구해 주는 영웅이에요. 파란색 쫄쫄이에 빨간색 망토를 걸쳤지요.

정답 슈퍼맨

사람 10

바로 앞에 있는데도 보이지 않는 것은?

빈칸에 정답을 써 보세요.

"까맣고 풍성한

☐☐ 이야."

깜짝 상식

마치 지붕처럼 눈 위쪽에 난 복슬복슬한 털이에요.
사람에 따라 털의 양이나 모양이 달라요.
눈에 떨어지는 먼지나 물방울을 막아 주지요.

정답 눈썹

사람 11

씨는 씨인데 땅에 심지 못하는 씨는?

표에서 글자를 찾아
정답을 맞혀 보세요.

한	사	징
오	아	어
씨	저	의

깜짝 상식

나이 든 남자를 가리키는 말이에요.
슈퍼 □□□, 옆집 □□□, 동네 □□□
등으로 불러요.

정답 아저씨

사람 12

큰 바위에 구멍이 두 개인 것은?

그림자를 보고
정답을 맞혀 보세요.

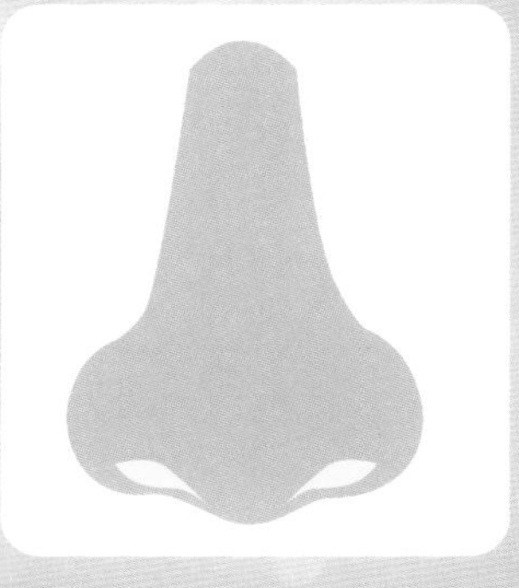

깜짝 상식

'킁킁' 냄새를 맡을 수 있는 □는 사람마다 크기와 모양이 달라요. 냄새를 맡거나 숨을 쉬는 등 우리 몸에서 아주 중요한 역할을 하지요.

정답 코

사람 13

항상 자기 빵을 사달라는 사람은?

보기 3개 중에서
정답을 골라 보세요.

1. 제빵사
2. 요리사
3. 간호사

깜짝 상식

따끈따끈하고 폭신한 빵을 만드는 사람이에요.
빵은 밀가루, 물, 소금 등으로 만들어요.
마늘빵, 식빵, 단팥빵 같은 다양한 빵이 있어요.

정답 제빵사

사람 14

작지만 한 번에 온 세상을 다 덮을 수 있는 것은?

초성을 보고
정답을 맞혀 보세요.

ㄴ ㄲ ㅍ

깜짝 상식

눈을 감았을 때 눈동자를 덮는 부분이에요.
눈을 깜빡이면 올라갔다 내려가요.
햇빛과 먼지로부터 눈을 보호하는 역할을 하지요.

정답 눈꺼풀

사람 15

풀은 풀인데 종이를 붙일 수 없는 풀은?

힌트를 차례로 보며
정답을 맞혀 보세요.

윗눈꺼풀 가운데에 있어요.

없는 사람도 있어요.

모양과 두께가 다 달라요.

깜짝 상식

□□□은 눈을 감으면 안 보이다가 눈을 뜨면 움푹 파여 있는 부분을 말해요. 두께나 모양에 따라 얼굴의 분위기가 달라져요.

정답 쌍꺼풀

사람 16

할아버지가 좋아하는 돈은?

빈칸에 정답을 써 보세요.

"할아버지의 짝꿍은 □□□야."

깜짝 상식

□□□는 할아버지의 아내를 말해요.
엄마, 아빠의 어머니를 이렇게 부르지요.
머니(money)는 영어로 '돈'을 뜻해요.

정답 할머니

사람 17

사람이 가장 많이 하는 소리는?

표에서 글자를 찾아
정답을 맞혀 보세요.

숨	강	고
등	소	아
어	지	리

깜짝 상식

'새근새근' 숨을 쉴 때 나는 소리예요.
코나 입으로 공기를 들이마시고 내쉬는 걸
숨이라고 해요.

정답 숨소리

사람 18

때리고 도망가도 칭찬받는 사람은?

그림자를 보고 정답을 맞혀 보세요.

깜짝 상식

날아오는 공을 방망이로 치는 선수를 말해요.
축구, 농구, 배구와 같이 인기 있는 운동 경기 중 하나랍니다.

정답 야구선수

사람 19

젊어서는 까맣고 늙어서는 하얀 것은?

보기 3개 중에서
정답을 골라 보세요.

1 얼굴
2 머리카락
3 손톱

깜짝 상식

'찰랑찰랑' □□□□은 잘라도 계속 자라나요.
나이가 들면 □□□□ 색을 결정하는 세포 수가
줄어서 눈처럼 하얀색으로 변하지요.

정답 머리카락

사람 20

깨는 깨인데 못 먹는 깨는?

초성을 보고
정답을 맞혀 보세요.

ㅈ ㄱ ㄲ

깜짝 상식

햇빛을 받아 얼굴에 군데군데 생기는 작은 갈색의 점을 말해요. □□□로 유명한 캐릭터로 '빨간 머리 앤'이 있어요.

정답 주근깨

사람 21

새 발의 피로 부자가 된 사람은?

힌트를 차례로 보며 정답을 맞혀 보세요.

전래동화의 주인공이에요.

↓

가난하지만 착했어요.

↓

제비를 도와줬어요.

깜짝 상식

부자인 놀부와 가난한 □□의 이야기예요.
□□는 제비를 도와 큰 부자가 되고 놀부는
욕심을 부려 벌을 받는다는 이야기이지요.

정답 흥부

사람 22

다 배워도 계속 배우는 사람은?

빈칸에
정답을 써 보세요.

"연기를 잘하는

☐☐야."

깜짝 상식

드라마나 영화에서 연기하는 사람이에요.
멋진 의사나 군인, 인기 가수 등을 맡아
사람들에게 감동과 웃음을 주지요.

정답 배우

사람 23

아침엔 넷, 점심엔 둘, 저녁엔 세 발로 걷는 것은?

표에서 글자를 찾아 정답을 맞혀 보세요.

핫	선	연
그	사	물
람	도	필

깜짝 상식

□□은 아기 때 손발로 엉금엉금 기어다녀요. 커서는 두 발로 걷고, 늙어서는 지팡이를 짚어 세 발로 다니지요.

정답 사람

사람 24

항상 스튜를 찾는 사람은?

그림자를 보고 정답을 맞혀 보세요.

깜짝 상식

비행기를 탈 때 밝은 미소로 맞아 주는 사람이에요.
비행기를 탄 승객에게 자리를 안내하고,
물과 음식 등을 나눠 줘요.

정답 스튜어디스

사람 25

머리카락이 없어도 어색하지 않은 사람은?

보기 3개 중에서
정답을 골라 보세요.

1. 선생님
2. 스님
3. 수학자

깜짝 상식

□□은 절에 가면 볼 수 있어요.
□□이 머리카락을 자르는 것은 큰 의미가 있어요.
나쁜 마음을 지우고 바르게 행동하기 위해서이지요.

정답 스님

낫 놓고 기역 자도 모르는 사람은?

사람 26

초성을 보고
정답을 맞혀 보세요.

ㅇ ㄱ ㅇ

깜짝 상식

낫은 풀을 베는 도구로, 'ㄱ'자처럼 생겼어요.
낫 놓고 기역 자도 모른다는 건 아주 무식하다는 뜻이에요. 하지만 외국에서 오면 모를 수도 있어요.

정답 이기역

사람 27

신사가 하는 인사는?

힌트를 차례로 보며 정답을 맞혀 보세요.

네 글자예요.

↓

사람 이름이에요.

↓

오만 원권에서 볼 수 있어요.

깜짝 상식

조선 시대에 살았던 훌륭한 인물이에요.
그림을 잘 그리고 시도 잘 썼지요.
조선 시대의 학자 율곡 이이의 어머니이기도 해요.

정답 신사임당

사람 28

쇠는 쇠인데 사람들이 싫어하는 쇠는?

빈칸에 정답을 써 보세요.

“나는 소문난 ☐☐☐ 야.”

깜짝 상식

다른 사람에게 돈을 쓰지 않고
아끼는 사람을 의미해요.
비슷한 말로는 ‘짠돌이’, ‘짠순이’가 있어요.

정답 구두쇠

사람 29

파는 것만 좋아하고 사지 않는 사람은?

표에서 글자를 찾아 정답을 맞혀 보세요.

고	딸	기
머	사	이
판	린	래

깜짝 상식

법원에서 사건을 판단하고 결정하는 사람이에요. 서로 다른 의견을 가진 사람들의 이야기를 듣고 공정하게 결정을 내려 줘요.

정답 판사

사람 30

아프지 않아도 매일 병원에 가는 사람은?

그림자를 보고 정답을 맞혀 보세요.

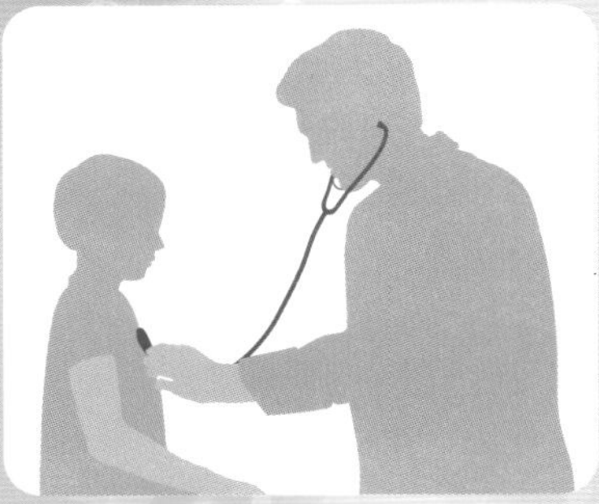

깜짝 상식

병원에서 간호사와 함께 일해요.
아픈 환자의 병이 낫도록 진찰하고 치료하여
건강하게 만들어 주지요.

정답 의사

사람 31

세상에서 가장 멋있게 걷는 사람은?

보기 3개 중에서 정답을 골라 보세요.

① 가수
② 시인
③ 모델

깜짝 상식

화려한 옷을 입고 멋있게 걸어요.
□□은 입고 있는 옷을 뽐내며 다른 사람에게
옷의 아름다움을 느끼도록 해줘요.

정답 모델

사람 32

자꾸만 윙크하는 사람은?

초성을 보고
정답을 맞혀 보세요.

ㅅ ㅈ ㅅ

깜짝 상식

카메라로 '찰칵'하고 사진을 찍어 주는 사람이에요.
입학식이나 결혼식 등 특별한 날에 사진을 찍으면
오래 기억할 수 있어요.

정답 사진사

사람 33

사람들이 몸에 지니고 다니는 톱은?

힌트를 차례로 보며 정답을 맞혀 보세요.

계속 자라서 잘라줘야 해요.

↓

손과 발을 보호해 줘요.

↓

예쁘게 꾸미기도 해요.

깜짝 상식

우리의 손에 열 개, 발에 열 개가 있어요.
피부보다 딱딱하고 피부색이 살짝 비치지요.
매일매일 조금씩 자라나요.

정답 손톱, 발톱

사람 34

동굴 안에 있는 흰 돌은?

빈칸에
정답을 써 보세요.

"음식을 잘게 부수는 □□야."

깜짝 상식

동굴같이 생긴 크고 어두운 입 안에는 새하얀 □□가 있어요. □□는 딱딱하거나 질긴 음식도 잘게 부수어 목으로 잘 넘어가게 해요.

정답 치아

한눈에 보는 사람 수수께끼

사람 수수께끼의
정답을 맞혀요.

1

남의 눈 덕분에
돈을 버는
사람은?

2

도둑도 아닌데
남의 집에 몰래
들어가는
사람은?

3

바다에는 없고
얼굴에 있는
조개는?

4

바위 틈에서
나팔 부는
것은?

5

버스에 자리가
없어도 항상 앉아
갈 수 있는
사람은?

6

상은 상인데
못생긴 상은?

7

잠을 자야
볼 수 있는
것은?

8

구명보트에는
몇 명이 탈 수
있을까?

9

이 세상의 끝에
있는 것은?

10

항상
이가 보이게
웃는 사람은?

정답 ①안과의사 ②산타 할아버지 ③보조개 ④방귀 ⑤운전기사 ⑥울상
⑦꿈 ⑧아홉 명 ⑨어금니 ⑩이웃

룰루랄라~
산리오캐릭터즈를 예쁘게 색칠해 봐요

SANRIO CHARACTERS
SANRIO
SUPER GREAT UNIVERSITY
K
M
C
K
P
P

먹을 수 있는
별은?

동글동글한
사과가
웃으면?

추장보다
더 높은
것은?

불이
켜지지
않는 초는?

음식에
넣는 금은?

돼지가
뿡뿡 뀌는
방귀는?

5장
새콤달콤 음식 수수께끼

음식 01

거꾸로 해도 바로 해도 이름이 똑같은 채소는?

표에서 글자를 찾아
정답을 맞혀 보세요.

감	망	도
포	마	고
토	자	토

깜짝 상식

〈멋쟁이 □□□〉라는 노래가 있어요.
"울퉁불퉁 멋진 몸매에 빨간 옷을 입고 새콤달콤 향기 풍기는 멋쟁이 □□□~♪"

정답 토마토

음식 02

자기한테 반했냐고 묻는 과일은?

그림자를 보고
정답을 맞혀 보세요.

깜짝 상식

초록색 □□□가 익으면 노랗게 변해요.
껍질을 까면 통통하고 길쭉한 모양의
하얀 과육이 들어 있어요. 익으면 달콤한 맛이 나지요.

정답 바나나

음식 03

잘못을 했을 때 주는 과일은?

보기 3개 중에서 정답을 골라 보세요.

1. 체리
2. 사과
3. 자몽

깜짝 상식

□□는 '아삭아삭'하고 둥근 과일이에요.
잘못을 했을 때 "미안해"하고 □□를 할 때도
이 단어를 쓰지요.

정답 사과

둥근 뼈에 노란색 이가 여러 개 나 있는 것은?

음식 04

초성을 보고 정답을 맞혀 보세요.

ㅇ ㅅ ㅅ

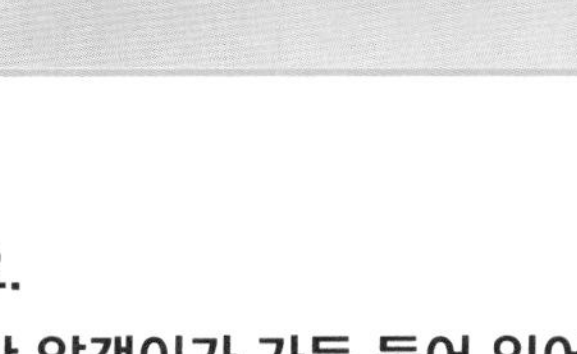

깜짝 상식

여름철 대표 간식이에요.
초록 잎사귀를 까면 노란 알갱이가 가득 들어 있어요.
알갱이를 하나씩 '쏙쏙' 뜯어 먹어요.

정답 옥수수

음식 05

들어갈 때는 딱딱하고 나올 때는 물렁물렁한 것은?

힌트를 차례로 보며 정답을 맞혀 보세요.

부풀릴 수 있어요.

맛이 다양해요.

단맛이 나요.

깜짝 상식

길쭉하고 네모난 모양이에요. 입안에 들어갔다가 나오면 끈적끈적하게 변해요. 콜라, 딸기, 포도, 복숭아 등 다양한 맛이 있어요.

정답 껌

음식 06

무는 무인데 수줍음이 많은 무는?

빈칸에 정답을 써 보세요.

"부끄러움을 많이 타는 ☐☐☐ 야."

깜짝 상식

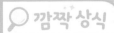

당근의 다른 이름이에요.
비트를 가리키기도 해요.
얼굴이 새빨개진 사람을 보고
이렇게 말하지요.

정답 홍당무

음식 07

비는 비인데 구워 먹는 비는?

표에서 글자를 찾아
정답을 맞혀 보세요.

갈	피	탄
아	비	우
랑	노	오

깜짝 상식

갈비뼈에 붙어 있는 살을 말해요.
지글지글 보글보글 맛있는 □□는
구이, 찜, 탕으로 다양하게 요리해 먹어요.

정답 갈비

음식

음식 08

먹기 전에 꼭 불놀이를 하는 것은?

그림자를 보고
정답을 맞혀 보세요.

깜짝 상식

폭신폭신하고 달콤해요.
주로 생일이나 기념일에 먹어요. 초를 꽂아 소원을 빌면 소원이 이루어진다는 이야기가 있어요.

정답 케이크

음식 09

사람이 맛있게 먹는 자는?

보기 3개 중에서
정답을 골라 보세요.

1. 과자
2. 모자
3. 사자

깜짝 상식

자꾸자꾸 손이 가는 □□는 감자칩, 쿠키, 브라우니 등 종류가 다양해요. 곡물 가루에 설탕, 우유 등을 섞어 조리해서 만든 음식이지요.

정답 과자

음식 10

동글동글한 사과가 웃으면?

초성을 보고 정답을 맞혀 보세요.

ㅍ ㅅ ㄱ

깜짝 상식

□□□는 완전히 익지 않은 상태에서 딴 초록색 사과를 말해요. 덜 익었기 때문에 새빨간 사과보다 단맛이 적고 신맛이 강해요.

정답 풋사과

음식 11

머리는 크고 몸은 얇은 것은?

힌트를 차례로 보며
정답을 맞혀 보세요.

머리가 노란색이에요.

몸은 하얀색이에요.

밥, 국, 반찬과 같이
다양한 요리에 쓰여요.

깜짝 상식

□□□은 콩에서 싹이 난 것을 말해요.
콩을 반으로 가르면서 뿌리가 밖으로 길쭉하게 나와요. 햇빛을 보지 않고도 '쑥쑥' 잘 자라지요.

정답 콩나물

음식 12

추장보다 더 높은 것은?

빈칸에 정답을 써 보세요.

"된장, 간장의 친구 □□□ 이야."

깜짝 상식

높다는 의미의 한자로는 '높을 고'(高)가 있어요.
빨갛고 찐득찐득한 □□□은 맵고 짜요.
떡볶이나 비빔밥에 들어가지요.

정답 고추장

음식 13

뼈도 가시도 없는 물고기는 무엇일까?

표에서 글자를 찾아
정답을 맞혀 보세요.

붕	고	송
지	어	이
양	아	빵

깜짝 상식

손발이 꽁꽁 어는 추운 겨울에 많이 팔아요.
붕어 모양의 밀가루 빵 안에 팥, 슈크림 등을 넣어서
만든 따끈따끈한 간식이에요.

정답 붕어빵

음식 14

누가 한 입 베어 먹은 사과는?

그림자를 보고
정답을 맞혀 보세요.

깜짝 상식

따듯한 나라에서 잘 크는 새콤달콤한 과일이에요.
먹으면 과즙이 '팡팡' 터져 나와요. 껍질은 단단하고
뾰족뾰족한 가시로 덮여 있어요.

정답 파인애플

음식 15

세상에서 가장 뜨거운 음식은?

보기 3개 중에서
정답을 골라 보세요.

1. 얼음
2. 팥빙수
3. 천도복숭아

깜짝 상식

□□□□□는 껍질에 털이 없고 매끈해요.
다른 복숭아보다 알맹이가 작고 붉은색이거나
노란색이지요.

정답 천도복숭아

음식 16

집은 집인데 먹을 수 있는 집은?

초성을 보고 정답을 맞혀 보세요.

ㄷ ㄸ ㅈ

깜짝 상식

□□□은 닭의 소화 기관이에요.
닭은 이빨이 없어서 단단한 먹이는 같이 먹었던
작은 돌에 의해 갈리면서 소화를 하지요.

정답 닭똥집

자연 17

어른들만 즐겨 마시는 음료수는?

힌트를 차례로 보며 정답을 맞혀 보세요.

잠이 깨도록 도와줘요.

진한 갈색이에요.

쓰고 신맛이 나요.

깜짝 상식

뜨겁거나 차갑게 먹을 수 있어요.
카페인이 들어 있어서 잠을 깨우는 데 도움이 돼요.
많이 먹으면 몸에 안 좋을 수도 있어요.

정답 커피

음식

음식에 넣는 금은?

음식 18

빈칸에 정답을 써 보세요.

"하얗고 짭짤한

□□ 이야."

깜짝 상식

짠맛이 나는 □□은 설탕, 식초, 후추와 같이 음식을 더 맛있게 만들어 주는 조미료예요. 바닷물에 햇볕을 쬐면 하얀 □□을 얻을 수 있지요.

정답 소금

음식 19

무가 열 개 모이면?

표에서 글자를 찾아
정답을 맞혀 보세요.

도	사	리
랑	열	라
무	오	지

깜짝 상식

김치를 담가 먹거나 비빔밥으로 즐겨 먹는 채소로, 어린 무의 줄기를 의미해요. 잎이 연하고 맛있어서 뿌리 부분보다는 잎을 주로 먹어요.

정답 열무

음식 20

사진 찍을 때 찾는 음식은?

그림자를 보고
정답을 맞혀 보세요.

깜짝 상식

'쭈욱' 길게 늘어나는 □□는 고소하고 짭짤해요.
주로 우유나 동물의 젖으로 만들지요.
모차렐라 □□, 고르곤졸라 □□ 등이 있어요.

정답 치즈

음식 21

"콩나물이 무를 때렸다"를 다섯 글자로 하면?

보기 3개 중에서
정답을 골라 보세요.

1 콩나물잡채
2 콩나물국밥
3 콩나물무침

깜짝 상식

노란 머리에 가느다란 하얀 몸을 가진 콩나물은 몸에 좋고 비타민이 풍부해서 콩나물국밥, 콩나물잡채 등 다양한 요리로 즐길 수 있어요.

정답 콩나물무침

음식 22

통에 들어갔다 나오면 열 배 커지는 것은?

초성을 보고 정답을 맞혀 보세요.

ㅃ ㅌ ㄱ

깜짝 상식

쌀, 옥수수, 보리 등을 기계 안에 넣어서 만드는 과자예요. 시장에 가면 아저씨가 큰소리로 '뻥이요!' 하면서 기계를 당기지요.

정답 뻥튀기

음식

음식 23

하얀 구름이 나무젓가락에 걸려 있는 것은?

힌트를 차례로 보며 정답을 맞혀 보세요.

설탕으로 만들어요.

↓

물에 닿으면 녹아요.

↓

폭신폭신하고 달아요.

깜짝 상식

산타 할아버지의 새하얀 수염을 닮은 □□□은 가볍고 달아요. '후후'하고 세게 불면 커다란 구멍이 생기지요.

정답 솜사탕

음식 24

불이 켜지지 않는 초는?

빈칸에 정답을 써 보세요.

"시큼시큼한

□□야."

깜짝 상식

□□는 신맛이 강하게 나요. □□를 생각하면 입안에 침이 고이지요. 소화에 도움이 되고 면역력을 높여 줘요.

정답 식초

음식 25

산타 할아버지가 안 된다고 하는 음식은?

표에서 글자를 찾아 정답을 맞혀 보세요.

짬	앵	칼
수	울	국
두	뽕	면

깜짝 상식

산타 할아버지는 우는 아이에게 선물을 안 줘요. □□은 걸쭉한 하얀 짬뽕이지요.

정답 울면

음식 26

빨간 얼굴에 주근깨가 많이 나 있는 것은?

그림자를 보고 정답을 맞혀 보세요.

깜짝 상식

□□는 빨갛고 주근깨 같은 점이 '콕콕' 박힌 장미과의 열매예요. 꼭지가 마르지 않고 달콤한 향이 나는 것이 신선한 □□이지요.

정답 딸기

음식 27

돼지가 뿡뿡 뀌는 방귀는?

보기 3개 중에서
정답을 골라 보세요.

1 오디오

2 돈가스

3 식빵

깜짝 상식

□□□와 이름이 같은 음식이 있어요.
돼지고기를 기름에 튀긴 요리이지요. 돼지는 한자로 '돈(豚)'이라고 해요. 방귀는 영어로 'gas'라고 하지요.

정답 돈가스

음식 28

사람이 먹을 수 있는 제비는?

초성을 보고 정답을 맞혀 보세요.

ㅅ ㅈ ㅂ

깜짝 상식

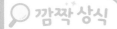

□□□는 칼국수랑 비슷한 따듯한 국물 요리예요. □□□는 밀가루 반죽을 손으로 '뚝뚝' 떼어서 국물에 넣어 끓이는 음식이지요.

정답 수제비

음식 29

귀는 귀인데 듣지 못하는 귀는?

힌트를 차례로 보며 정답을 맞혀 보세요.

딱딱해요.

↓

세 글자예요.

↓

살이 거의 없어요.

깜짝 상식

□□□는 살을 다 발라 놓고 남은 딱딱한 뼈를 말해요. 주로 국물을 내는 용도로 쓰여요. □□□가 많을수록 국물이 진해져요.

정답 뼈다귀

음식 30

쥐가 네 마리 모이면?

빈칸에 정답을 써 보세요.

"나는 엄청 큰 □□야."

깜짝 상식

□□는 '쥐치'라고 불리는 생선을 얇게 떠서 건조해서 만든 음식이에요.

정답 북어

음식 31

늙을수록 점점 무거워지는 것은?

표에서 글자를 찾아
정답을 맞혀 보세요.

아	박	강
호	몬	콩
라	드	낭

깜짝 상식

"□□이 넝쿨째로 굴러 들어온다."라는 속담이 있어요. 옛날에는 영양 가득한 □□이 귀했어서 굴러서 들어온다는 건 좋은 일이 생겼다는 뜻이에요.

정답 호박

음식 32

52살에서 나이가 멈춘 채소는?

그림자를 보고
정답을 맞혀 보세요.

깜짝 상식

수분이 많고 아삭아삭한 식감을 가진 □□는 길쭉하고 시원한 맛이 나요. 샐러드나 김치, 피클같이 다양한 요리에 쓰이지요.

정답 오이

음식 33

먹을 수 있는 별은?

보기 3개 중에서
정답을 골라 보세요.

1. 당근
2. 바나나
3. 파스타

깜짝 상식

밀가루 면 위에 다양한 맛의 소스를 올려 먹는 이탈리아의 면 요리예요. 해산물이나 고기를 같이 넣어 먹기도 해요.

정답 파스타

음식 34

항상 하얗게 화장하고 있는 것은?

초성을 보고 정답을 맞혀 보세요.

ㅊ ㅆ ㄸ

깜짝 상식

찹쌀로 만든 떡이에요.

먹을 때 치아에 잘 달라붙어서 □□□을 먹으면 시험에 찰싹 붙는다는 얘기도 있어요.

정답 찹쌀떡

한눈에 보는 음식 수수께끼

음식 수수께끼의
정답을 맞혀요.

1
겉은 흰색인데
속은 노란색인
것은?

2
뜨거운 곳에
들어가 옷을 입고
나오는 것은?

3
물에서 태어났는데
물에 들어가면
사라지는
것은?

4
오이가
무를 치면?

5
껍질을 벗기지
않아도 먹을 수
있는 알은?

6
물고기의
반대말은?

7

주름살 많은
사람들이
좋아하는
음식은?

8

세상에서
제일 긴
음식 이름은?

9

콩이 바쁘면?

10

소를 보러 간
빵을 네 글자로
줄이면?

정답 ①달걀 ②튀김 ③소금 ④오이무침 ⑤밥알 ⑥불고기 ⑦피자
⑧참기름 ⑨콩비지 ⑩소보로빵

이름 찾기 놀이터

산리오캐릭터즈 친구들의 이름을 왼쪽 표에서 찾아 동그라미하고, 오른쪽 칸에 적어주세요.

마	시	나	모	롤
쿠	이	푸	폼	포
로	폼	멜	키	차
헬	폼	마	로	코
로	푸	로	헬	디
키	린	디	티	멜
티	코	쿠	로	미

거꾸로
서 있는
나무는?

병아리가
좋아하는
약은?

세상에서
가장 빠른
닭은?

팔이
가장 많은
나라는?

신발이
화가 나면?

자꾸 코로
들어가는
새는?

6장
키득키득 재치 수수께끼

재치 01

거꾸로 서 있는 나무는?

힌트를 차례로 보며 정답을 맞혀 보세요.

중심을 잘 잡아야 해요.

팔의 힘이 강해야 해요.

네 글자예요.

깜짝 상식

거꾸로 서 있는 자세예요. 손은 바닥을 짚고 발은 하늘로 번쩍 올려요. 근육이 튼튼해지고, 다리가 부은 것이 빠지도록 도와주지요.

정답 물구나무

재치 02

눈이 3개, 다리는 1개인 것은?

빈칸에 정답을 써 보세요.

"빨강, 노랑, 초록 눈을 가진
□□□ 이야."

깜짝 상식

□□□은 3개의 전등과 1개의 기둥이 있어요.
사람은 빨강, 노랑에 불이 켜지면 길을 건널 수 없고
초록색에 불이 켜져야 길을 건널 수 있지요.

정답 신호등

재치 03

물은 물인데 괴상하게 생긴 물은?

표에서 글자를 찾아
정답을 맞혀 보세요.

고	해	니
바	괴	다
물	라	변

깜짝 상식

'쿠아아앙' 크고 이상한 소리를 내면서 사람을 공격하는 □□은 영화나 드라마에서 자주 나와요. 대부분 무섭게 생겨서 공포의 대상이 되지요.

정답 괴물

재치 04

이상한 사람들이 모이는 곳은?

그림자를 보고 정답을 맞혀 보세요.

깜짝 상식

음식을 먹고 양치를 구석구석 하지 않으면 이가 썩거나 아파요. 우리는 이가 아프면 □□로 가서 치료를 받지요.

정답 치과

재치 05

병아리가 좋아하는 약은?

보기 3개 중에서
정답을 골라 보세요.

1. 치약
2. 삐약삐약
3. 한약

깜짝 상식

〈작은 동물원〉이라는 노래가 있어요.
'□□□□ 병아리, 음매음매 송아지,
따당따당 사냥꾼~♪' 병아리는 이렇게 소리를 내요.

정답 삐약삐약

재치 06

달리면 서고, 서면 쓰러지는 것은?

초성을 보고
정답을 맞혀 보세요.

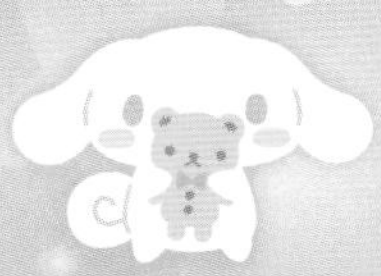

ㅈ ㅈ ㄱ

깜짝 상식

'따르릉 따르릉~' 바람을 가로지르면서 달리는 □□□는 페달을 밟아야 쌩쌩 달릴 수 있어요. 사람이 내리면 중심을 잃고 쓰러지지요.

정답 자전거

재치 07

아몬드가 죽으면 무엇이 될까?

힌트를 차례로 보며
정답을 맞혀 보세요.

'반짝반짝' 빛이 나요.

멋진 보석이에요.

다섯 글자예요.

깜짝 상식

사람을 더 아름답게 보이도록 도와주는
목걸이, 반지, 귀걸이 등 장신구에 주로 쓰여요.
단단하고 빛이 나는 보석의 이름이지요.

정답 다이아몬드

재치 08

세상에서 가장 빠른 닭은?

빈칸에 정답을 써 보세요.

"□□□ 빠르게 도망을 갈 수 있어."

깜짝 상식

갑자기 놀라거나 당황해서 빠르게 몸을 움직일 때 □□□하고 움직여요.
'닭'과 '닥'은 발음 소리가 같아요.

정답 후다닥

재치 09

세상에서 가장 빨리 먹는 떡은?

표에서 글자를 찾아
정답을 맞혀 보세요.

헐	레	위
떡	벌	일
코	식	스

깜짝 상식

숨을 '헉헉'하고 가쁘게 몰아서 한꺼번에 쉬는 것을 의미해요. 뛰거나 몸을 열심히 움직이면 □□□□ 숨을 몰아쉬지요.

정답 헐레벌떡

재치 10

팔이 가장 많은 나라는?

그림자를 보고 정답을 맞혀 보세요.

깜짝 상식

중국과 인도에 둘러싸여 있는 나라예요.
수도는 카트만두이지요. 세계에서 가장 높은 산인
에베레스트산이 있어요.

정답: 네팔

재치 11

수영 못하는 사람이 물에서 만나는 적은?

보기 3개 중에서
정답을 골라 보세요.

1. 도적
2. 산적
3. 허우적

깜짝 상식

빠져나오기 힘든 상황에서 벗어나려고 할 때
'□□□거리다'라는 표현을 해요.
손발을 이리저리 움직이는 모양을 말하지요.

정답 허우적

재치 12

앞으로 가도 뒤로 가도 똑같은 나라는?

초성을 보고
정답을 맞혀 보세요.

ㅅ ㅇ ㅅ

깜짝 상식

이 나라의 수도는 베른이에요.
알프스산맥과 아름다운
산과 호수, 푸르른 자연이
있는 나라이지요.

정답 스위스

자연 13

세상에서 제일 배고픈 나라는?

재치

힌트를 차례로 보며
정답을 맞혀 보세요.

세 글자예요.

수도는 부다페스트예요.

유럽에 있어요.

깜짝 상식

'배고프다'를 영어로 Hungry[헝그리]라고 해요.
유럽의 가운데에 있는 이 나라는 Hungry와
비슷한 발음이 나지요.

정답 헝가리

재치 14

항상 사과하는 동물은?

빈칸에
정답을 써 보세요.

"oh, sorry하고
사과하는
☐☐☐야."

깜짝 상식

다리가 짧고 너구리와 닮은 동물이에요. 영어로 '미안'은 Sorry[쏘리]라고 해요.

정답 오소리

신발이 화가 나면?

표에서 글자를 찾아
정답을 맞혀 보세요.

신	다	람
발	끈	코
코	쥐	아

깜짝 상식

별것도 아닌 일에 쉽게 화를 내는 것을 '발끈하다'라고 해요. □□□은 신발에 있는 기다란 끈을 말하지요.

정답 신발끈

재치 16

학생들이 가장 싫어하는 피자는?

그림자를 보고
정답을 맞혀 보세요.

깜짝 상식

'딩동댕동' 수업이 시작되면 책을 펴야 해요.
선생님은 교실에 들어오면 학생들에게
"책 펴자"하고 말씀하세요.

정답 책 피자

재치 17

한 번 웃으면 영원히 웃는 것은?

보기 3개 중에서
정답을 골라 보세요.

① 휴지
② 전화기
③ 사진

깜짝 상식

'찰칵찰칵' □□을 찍으면 풍경이나 사람의 표정이 생생하게 담겨요.
보관을 잘하면 평생 가지고 있을 수 있어요.

정답 사진

재치 18

미소의 반대말은?

초성을 보고
정답을 맞혀 보세요.

ㄷ ㄱ ㅅ

깜짝 상식

'미소'에는 두 가지 뜻이 있어요.
활짝 웃는 '미소'와 문을 '밀다'라는 뜻의 '미소'가 있지요. 여기 쓰인 '미소'는 '문을 민다'는 뜻이에요.

정답 당기시

재치 19

아기 엉덩이에 붙어 다니는 귀는?

힌트를 차례로 보며
정답을 맞혀 보세요.

흡수를 잘해요.

↓

다리 사이에 채워요.

↓

세 글자예요.

깜짝 상식

스스로 똥오줌을 가리지 못하는 아기를 위해 사용해요.
천이나 종이로 만들어졌고 여린 아기의 피부를
보호하기 위해 부드러워요.

정답 기저귀

재치 20

말은 말인데 타지 못하는 말은?

빈칸에 정답을 써 보세요.

"사실이 아닌 □□□ 이야."

깜짝 상식

□□□은 진실하지 않은 말을 의미해요.
사실이 아닌 말을 사실인 것처럼 말하지요.
이걸 많이 하는 사람을 □□□쟁이라고 해요.

정답 거짓말

재치 21

자꾸 코로 들어가는 새는?

표에서 글자를 찾아
정답을 맞혀 보세요.

고	립	반
라	냄	밤
새	달	니

깜짝 상식

'킁킁' 코로 맡을 수 있는 것을 말해요.
향기는 코를 통해 맡을 수 있는 기분 좋은 향을 의미하고 냄새는 코를 통해 맡는 모든 것이지요.

정답 냄새

재치 22

뒤집으면 비굴해지는 생선은?

그림자를 보고
정답을 맞혀 보세요.

깜짝 상식

조기를 소금에 절여 말린 것을 말해요.
옛날에는 음식이 상하는 것을 막기 위해서
소금에 절여서 먹었어요.

정답 굴비

재치 23

안녕을 다섯 번 하면?

보기 3개 중에서
정답을 골라 보세요.

1. 하이파이브
2. 안녕하세요
3. 감사합니다

깜짝 상식

손바닥을 높이 들어서 다른 사람의 손바닥을 '짝' 소리가 나게 부딪히는 인사법이에요. 공감이나 응원 등 다양한 감정을 나눌 때 써요.

정답 하이파이브

재치 24

바람이 불지 않아야만 흔드는 것은?

초성을 보고
정답을 맞혀 보세요.

ㅂ ㅊ

깜짝 상식

□□는 손으로 흔들어서 바람을 일으켜요. 더운 여름에 잠시나마 더위를 식혀 주는 물건이지요.

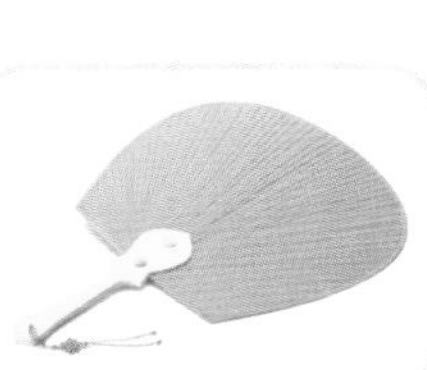

정답 부채

재치 25

모든 것이 새로운 도시는?

힌트를 차례로 보며
정답을 맞혀 보세요.

미국의 도시예요.

↓

자유의 여신상이 있어요.

↓

타임스퀘어가 있어요.

깜짝 상식

'새롭다'를 New라고 해요.
□□의 자유의 여신상은 프랑스가 미국이 자유를 찾은 지 100주년을 축하하며 선물한 것이에요.

정답 뉴욕

잘 때는 서 있고 병들면 눕는 동물은?

빈칸에 정답을 써 보세요.

"갈기가 멋있는 ☐ 이야."

깜짝 상식

긴 다리와 튼튼한 근육을 갖고 있어요.
관절이 튼튼해서 오래 서 있을 수 있지요.
잘 때도 서서 자고, 아플 때만 누워요.

정답 말

재치 27

개가 사람을 가르친다를 네 글자로 줄이면?

표에서 글자를 찾아
정답을 맞혀 보세요.

도	칼	마
수	지	도
개	인	국

깜짝 상식

사람은 한자로 사람 인(人)이라고 해요.
다른 사람을 가르치는 것은 '지도하다'라고 하지요.
'한 사람씩 가르치다'라는 뜻이 있어요.

정답 개인 지도

재치 28

먹을 수도 만질 수도 없는 파이는?

그림자를 보고
정답을 맞혀 보세요.

깜짝 상식

무선 인터넷을 연결하는 기술이에요. □□□□ 덕분에 버스나 지하철, 도서관과 같은 공공장소에서 핸드폰으로 편하게 인터넷을 이용할 수 있어요.

정답 와이파이

재치 29

만두 장수가 제일 듣기 싫어하는 소리는?

보기 3개 중에서
정답을 골라 보세요.

① 속 터진다
② 감사합니다
③ 또 올게요

깜짝 상식

만두를 오래 찌거나 잘못 건드리면 속이 밖으로 빠져나와 모양이 망가져요.
속이 답답하거나 분할 때도 이런 말을 쓰지요.

정답 속 터진다

재치 30

젤리 발바닥을 갖고 있는 동물은?

초성을 보고
정답을 맞혀 보세요.

ㄱ ㅇ ㅇ

깜짝 상식

□□□는 젤리처럼 말랑말랑한 발바닥을 가지고 있어요. 젤리 같은 발바닥에는 땀샘이 많아 미끄러운 곳을 다닐 때 넘어지지 않도록 도와줘요.

정답: 고양이

한눈에 보는 재치 수수께끼

재치 수수께끼의
정답을 맞혀요.

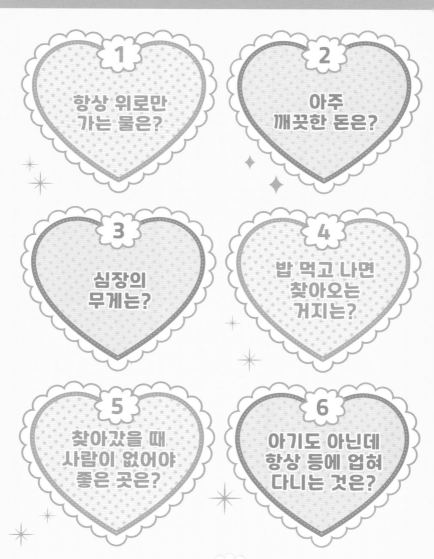

1

항상 위로만
가는 물은?

2

아주
깨끗한 돈은?

3

심장의
무게는?

4

밥 먹고 나면
찾아오는
거지는?

5

찾아갔을 때
사람이 없어야
좋은 곳은?

6

아기도 아닌데
항상 등에 업혀
다니는 것은?

7

곰이
물구나무
서면?

8

손님이 뜸해야
돈 버는
사람은?

9

읽으면
어지러운
글은?

10

잠을 자야만
갈 수 있는
나라는?

정답 ①음식물 ② 정리 정돈 ③두근두근 ④설거지 ⑤화장실 ⑥책가방
⑦문 ⑧한의사 ⑨ 빙글빙글 ⑩ 꿈나라

선 잇기 놀이터

산리오캐릭터즈와 선을 따라 그려요.
●에서 ▲까지 따라 그려요.

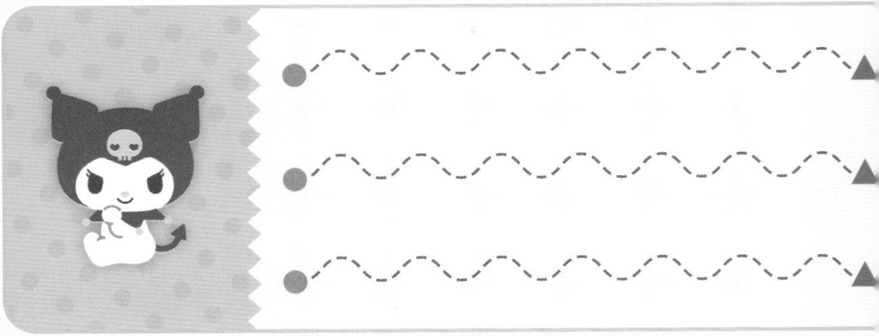

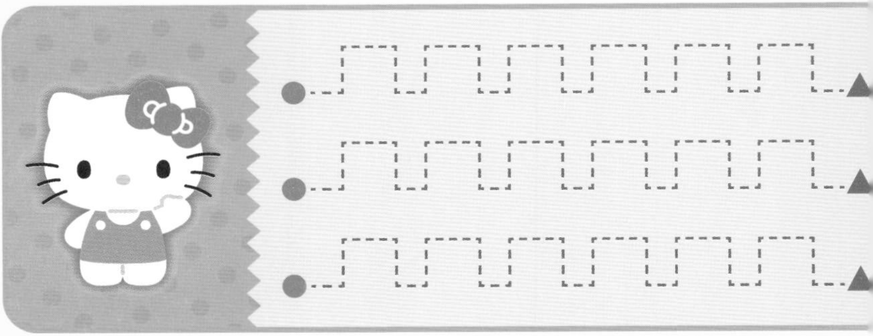

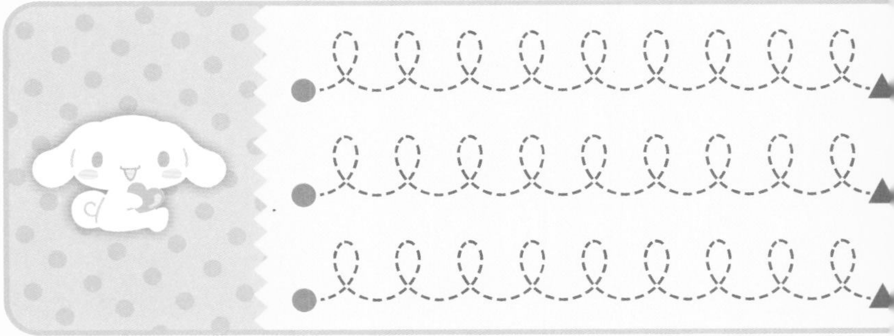

놀이 정답

44~45쪽

사다리 타기 놀이터

사다리를 타고 그림자에 맞는 캐릭터를 찾아보세요.

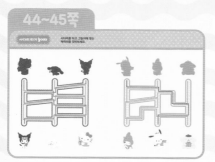

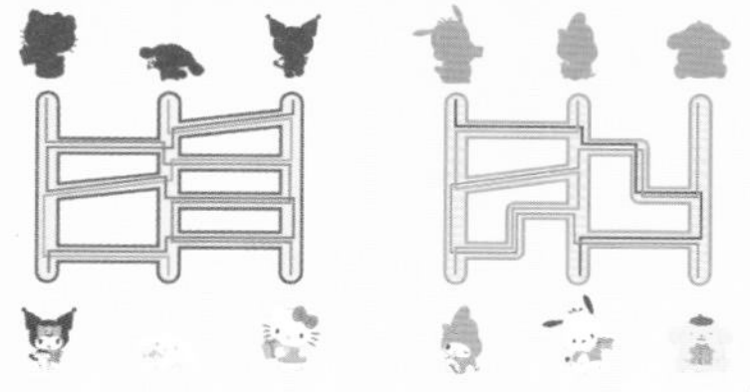

80~81쪽

그림자 놀이터

산리오캐릭터즈의 그림자를 잘 보고 같은 포즈를 찾아 동그라미 하세요.

120~121쪽

미로 놀이터

시나모롤과 쿠로미가 미로에 갇혔어요. 빠져나오도록 도와주세요!

200~201쪽

이름 찾기 놀이터

산리오캐릭터즈 친구들의 이름을 왼쪽 표에서 찾아 동그라미하고, 오른쪽 칸에 적어주세요.

마	시	나	모	롤
쿠	이	푸	폼	포
로	폼	멜	키	차
헬	폼	마	로	코
로	푸	로	헬	디
키	린	디	티	멜
티	코	쿠	로	미

1판 1쇄 발행 2023년 10월 30일
1판 3쇄 발행 2024년 1월 2일
발행처 (주)서울문화사 | **발행인** 심정섭
편집인 안예남 | **편집팀장** 최영미 | **편집** 김은솔, 박종주
브랜드마케팅 김지선 | **출판마케팅** 홍성현, 김호현 | **제작** 정수호
출판등록일 1988년 2월 16일 | **출판등록번호** 제2-484
주소 서울시 용산구 새창로 221-19
전화 02)791-0708(판매), 02)799-9375(편집)
디자인 김가희 | **인쇄** 에스엠그린인쇄사업팀

ISBN 979-11-6923-824-3
979-11-6923-823-6(세트)

순서대로 점을 잇고 예쁘게 색칠해서
귀여운 산리오캐릭터즈를 완성해요!

크기 220x300mm | 64쪽 | 10,000원

점 잇기

놀이

DIY 만들기

서울문화사